KB155172

BBULMEDIA

http://www.bbulmedia.com

Korea Godfather

코리아 갓파더

BBULMEDIA FANTASY STORY

Korea Godfather

코리아 갓파더

〈완결〉

정사부 현대 판타지 소설

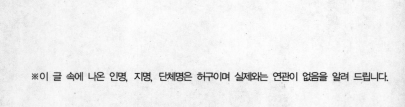

contents

1.
야쿠자 정복

지옥카이의 본부 저택은 그 형태는 일반 주택의 모양이 아니다.

지옥카이의 2대 두목인 타케다 유지로는 야쿠자 최대조 직 야마구치구미를 정벌하고 조직의 권위를 세우기 위해 이 곳에 오사카명물 오사카 성을 복제한 건축물을 건립했다.

물론 원본 그대로 건립하려면 아무리 일본 야쿠자의 정점 인 지옥카이라 하여도 무리가 가는 일이다.

그래서 규모를 축소하였는데, 지상 4층 지하 2층으로 건 설하였다.

물론 겉모습은 옛 건축물처럼 보이지만 내부 시설은 각종 첨단시설과 편의시설 그리고 침입자를 대비하기 위한 각종 감시 장치로 도배되어 가히 철옹성에 버금갔다.

하지만 아무리 첨단장비로 감시를 하더라도 빈틈은 있었다.

마치 창과 방패의 싸움처럼 막으려는 자가 있다면 뚫으려는 자도 분명 있었다.

지옥카이의 본부에 이처럼 첨단 시설로 침입자를 막기 위해 준비가 되어 있었지만 성환과 KSS경호의 특별경호원들이 입고 있는 아머슈트를 막을 수는 없었다.

그렇게 외부는 물론이고 내부까지 뚫린 지옥카이는 성환과 특별경호원들이 내부에 들어온 뒤 한참이 지난 뒤에야 자신들의 본부에 침입자가 있음을 깨닫고 방어에 나섰다.

물론 그런 지옥카이의 야쿠자들이 방어는 작은 몸부림에 지나지 않았지만 말이다.

◈　　◈　　◈

지옥카이 본부 천수각 3층 2대 두목 타케다 유지로의 집무실, 현대 시설에 걸맞지 않게 바닥에는 다다미―일본식 돗자리―가 깔려 있었고, 그 끝에 두목 타케다 유지로와 그의 좌우로 지옥카이의 여러 소두목이 자리하고 있었다.

그런데 그들은 한없이 침중한 표정을 하고 있었다.

알 수 없는 적이 천수각에 침입을 했다는 보고를 받은 지한참이 지났는데, 침입자를 물리쳤다는 보고가 없어 긴장을한 것이다.

"아직 들어온 보고 없나?"

참다못해 소두목 중 한 명이 작은 목소리로 중얼거렸다.

하지만 조용한 가운데 그 혼자 말을 하다 보니 자신은 작게 남들이 듣지 못하게 한 것이지만 자리에 있던 사람들은모두 그의 말을 들었다.

"미나미! 네가 나가서 알아보고 와라!"

미나미는 답답한 마음에 작게 중얼거렸는데, 곧바로 자신의 상급자인 모리가 명령을 하자 바로 자리에서 일어나 밖으로 나갔다.

"하이!"

막 대답을 하고 자리에서 일어나던 미나미는 밖으로 나가기 위해 입구에 섰다가 문이 열리자 깜짝 놀라 뒤로 물러섰다.

"누구냐!"

밖으로 나가기 위해 문 앞에 섰다가 문이 열리자 깜작 놀란 미나미는 소리를 치며 뒤로 물러 경계를 했다.

확실히 일본 최대 조직의 간부이다 보니 최대한 자세를

낮추고 자세를 잡아 급소를 포호하는 자세를 취했다.

막 방 안으로 들어오던 고재환은 눈에 이채를 번뜩였다.

'확실히 일본 최대 조직의 간부는 다르군!'

아머슈트 바이저 안쪽에서 반짝이는 것이라 미나미는 그 것을 눈치채지 못하였지만, 일단 자신의 앞에 이상한 복장 을 하고 나타난 의문의 적에 깊은 적대감을 보이며 경계를 했다.

그리고 고재환이 나타난 것을 기점으로 실내에 있던 지오 카이의 소두목들의 움직임이 달라졌다.

"웬 놈들이냐!"

고재환을 필두로 KSS의 특별경호원들이 하나둘 실내로 들어왔다.

방으로 들어온 특별경호원들은 방 입구 쪽 벽에 나눠 포 진을 했다.

이곳은 출입구가 한 곳이라 밖으로 나가기 위해선 고재환 이 막고 있는 입구를 뚫어야만 가능했다.

한마디로 현재 지옥카이의 모든 간부진들은 독 안에 든 쥐 신세가 되었다.

하지만 아직까지 자신들의 처지를 모르는 지옥카이의 간 부들은 잔뜩 긴장을 하고 바닥에 내려놓았던 자신들의 무기 를 들어 특별경호원들을 위협했다.

"네놈들은 누구냐! 정체를 밝혀라!"

아라가미카이의 이치다 싱고는 두목 유지로의 앞으로 나와 그의 몸을 가리며 고재환을 향해 소리쳤다.

그런 이치다 싱고의 모습이 언뜻 대단해 보이지만 알고 보면 당랑거철(螳螂拒轍)과도 같은 무모한 행동이었다.

한편 앞으로 나와 용감하게 소리치는 이치다 싱고를 보던 고재환은 자리를 옆으로 비켜섰다.

어느 세 그의 뒤에 성환이 들어왔던 것이다.

"너희가 지옥카이라는 야쿠자 조직의 두목들인가?"

다른 자들과 다르게 얼굴을 보이며 들어서는 성환을 보며 지옥카이의 두목들의 시선이 모였다.

이때 그동안 조용히 있던 타케다 유지로가 나직한 목소리로 말을 했다.

"내가 대 지옥카이의 2대 두목인 타케다 유지로다. 그런 넌 누구냐."

유지로의 질문에 성환은 그에게 시선을 두고 대답을 했다.

"난 한국에서 온 정성환이란 사람이오."

성환의 이름을 들은 유지로는 고개를 갸웃거렸다.

한번도 들어 보지 못한 이름이기 때문이었다.

처음 본부에 침입자가 쳐들어왔다는 보고를 들었을 때만

해도 다른 조직에서 보낸 히트맨이 침입한 것이라 생각했다.

본부 내부로 적이 침입을 했다고 해서 다수의 부라쿠들을 동원한 히트맨이라 생각을 했었다.

하지만 막상 눈앞에 보니 부라쿠가 아닌 이상한 복장을 하고 있는 자들이었다.

그리고 유지로는 침입자들이 입고 있는 복장이 특이하긴 하지만 어디에선가 들은 기억이 있었다.

조금 이상한 생각이 들기는 하지만 일단 궁금한 점을 불어야 했던 유지로는 그 생각을 접고 물었다.

"한국인이 무엇 때문에 우릴 습격한 것이지?"

"뭐 명분을 찾자면, 내 관리 하에 있는 사람을 당신의 부하가 습격을 해서 그런다고 말해 두지."

성환이 유지로에게 들려준 이야기는 별 거 없었다.

부산에서 유지로의 명령을 받고 김용성을 습격한 것에 대한 보복이란 말이었다.

물론 그런 것을 알아들을 정신이 없는 그들로썬 지금 성환이 무슨 소리를 하고 있는지 알 수가 없었다.

"그러니까 우리가 당신 부하를 공격했다…… 그 말인가?"

유지로는 방금 전 성환이 한 이야기를 되짚어 생각하다

관리하는 이란 말이 생각났다.

그 말인즉 자신의 명령으로 누군가 공격을 받았는데, 그 사람이 지금 자신의 눈앞에 있는 자의 부하였다는 소리였다.

"그게 누구인데 우리가 공격했다는 것이지?"

"잘 생각해 보면 해답이 나올 텐데? 잘 한번 생각해 보라고."

성환은 유지로의 질문에 모호한 대답을 했다.

그런 성환의 말에 한참을 생각하고 있을 때, 조금 전 유지로의 앞을 막아섰던 이치다 싱고가 조그마게 중얼거렸다.

그런데 그 작은 소리에 성환이 고개를 끄덕였다.

"설마, 부산연합이란 한국 조직의 두목을 말하는 것인가?"

작은 목소리였지만, 이치다 싱고의 말은 주변에 있던 사람들이나 입구를 막아선 특별경호원들의 귀에는 또렷하게 들렸다.

"맞아! 그가 바로 내가 관리하는 사람들 중 한 명이지. 이제 우리가 왜 왔는지 이해가 되나?"

성환의 대답이 들리고 타케다 유지로를 비롯한 지옥카이의 소두목들은 모두 경악을 했다.

비록 일본에 비해 규모가 크지 않은 한국 조직이라고 하지만, 한 지역을 총괄하는 연합의 두목이 설마 누군가의 관리를 받고 있을 것이라고는 이들도 상상을 하지 못했다.

그런데 이때 연이은 성환의 말에 놀람을 넘어 기절할 지경이었다.

"후후, 한국의 모든 조직은 모두 내 관리 하에 있다. 그러니 너희 일본도 이제는 내 밑으로 들어와야 한다. 참고로 너희가 마지막이다. 참, 너무 억울해 하지는 마. 중국의 동부와 남부를 장악하고 있는 곳도 내 영향력 아래 있는 곳이니."

성환의 이야기가 끝나자 야쿠자들은 아무런 말도 할 수가 없었다.

한국이 어떤 나라인가?

그 한국에 있는 조직들이 어떤 조직인지 너무도 잘 알고 있는데, 지금 눈앞에 있는 남자는 그런 한국의 조직들을 모두 통일했다는 말을 하고 있었다.

야쿠자가 한참 전성기 때 한국에 진출하려고 했던 조직이 있었다.

아니, 그전 한국이 일본의 식민지 시절에도 그런 시도를 했던 적도 있었다.

하지만 결론부터 말하자면 모든 시도가 실패했다.

식민지 시절 막강한 일본 군부와 정부의 지원을 받아 야쿠자들은 한국에 진출을 했었다.

당시 한국은 조선이라 불리던 시절, 조선은 식민지였고, 또 모든 것이 일본에 통제를 받던 때였다.

야쿠자도 마찬가지였다. 조선인은 2등 국민이고 일본인은 1등 국민이라 조선인을 지배하는 것이 당연시 되었다.

그렇기에 야쿠자라 해도 한국인들은 함부로 일본인에게 해코지를 할 수가 없었다.

그런데도 조선에 진출했던 야쿠자들은 한국의 밤거리를 지배하지 못했다.

해방 후에도 마찬가지였다.

물론 상황이 바뀌어 식민지 시절 그렇게 저항하던 한국의 조직들은 자신들의 술수에 넘어가 돈의 노예가 되어 있었다.

돈을 위해서라면 제 부모형제까지도 팔아넘길 정도로 타락했다.

하지만 그런데도 한국에 자리 잡은 야쿠자는 없었다.

이게 말이나 되는 소리가?

그만큼 한국의 조직은 텃세가 무척이나 심했다.

하다못해 무식한 중국의 삼합회도 한국에 교두보를 만들지 못했다.

마치 안 보이는 어떤 힘이 있어 한국을 보호하려는 것인지, 외국조직이 한국에 자리 잡으려고만 하면 한국의 조직들이 연합을 하여 그들과 손잡은 조직까지 축출을 했다.

그 때문에 야쿠자들은 직접 한국에 자리를 잡으려 하지 않고 그나마 성공 가능성이 있는 허수아비로 한국 조직을 내세워 조종을 하는 식으로 돈을 불렸다.

그런데 지금 눈앞에 있는 남자가 그런 한국의 밤이 통일이 되었다고 했다.

유지로는 그동안 욕심 많은 한국조직들은 절대로 통일되지 못한다 생각했다.

비록 한국이 일본에 비해 작은 땅이지만, 그 안에 있는 조직은 일본 못지않게 많았기 때문이다.

더욱이 한국의 경찰이나 검찰이 그런 것을 두고 보려고 하지 않는다는 것을 오랜 시간에 걸쳐 지켜보았기에 잘 알고 있었다.

아니, 한국뿐 아니라 많은 나라들이 폭력조직이 통일되는 것을 막고 있었다.

만약 그런 일이 벌어진다면 자칫 잘못하다가는 국가가 폭력 조직의 명령에 움직이는 상황이 벌어질 수 있기 때문이다.

막말로 폭력 조직이 통일이 되면 공권력을 넘어서는 힘을 가질 수도 있으리라.

그렇게 되면 군대가 나서지 않는 이상 막을 수가 없다.

더욱이 정치인과 폭력 조직과는 떼래야 뗄 수 없는 불과 분의 관계다.

정치란 온갖 지저분한 일들이 수면 아래에서 벌어지고 그런 더러운 일을 처리해 주는 이들이 바로 조직이다.

그 말인즉슨 조직이 국정을 논의하는 국회의원들의 약점을 가지고 있다는 소리다.

조직이 힘이 약했을 때야 공권력에 의해 그들이 시키는 대로 더러운 일들을 처리하고 작은 부스러기를 주워 먹지만, 만약 그 힘이 역전이 되었을 때는 반대 상황이 벌어지는 것이다.

즉 정치인들이 조폭의 지시대로 국정을 운영하게 되는 사태가 벌어진다.

그렇기 때문에 이것을 막기 위해 정치인들이나 공권력은 절대로 조직이 통일되는 것을 원하지 않는다.

한국도 그렇고 일본도 마찬가지다.

그리고 저 초강대국 미국도 마찬가지다.

만약 어떤 조직이 통일할 정도로 힘이 강성해진다면 어떤 핑계를 대서라도 그 조직을 와해시켜 버린다.

일예로 미국의 마피아 하면 대표적으로 떠오르는 인물인 알 카포네다.

그는 금주법시대인 1920년대와 30년대를 주름잡던 아주 유명한 시카고의 마피아 두목으로, 연간 1억 불의 수익을 올리던 자였다.

당시 1억이면 현재가치로 가히 1조 원이 넘는 엄청난 금액인 것이다.

이 때문에 미국 정부는 시카고의 마피아 두목인 알 카포네를 그냥 두고 볼 수가 없었다.

하지만 어느 누구도 그를 막을 수가 없었다.

폭행, 협박은 물론이고 적대조직에는 잔인한 보복까지 하고 때로는 암살까지 하는 두려운 존재였기 때문이다.

그 때문에 시카고 주 정부도 그를 막지 못하고 연방정부가 나서서 특수조직을 만들어 그를 처단하게 되었다.

이렇듯 일개 지방의 조직도 커지면 감당하기 힘든데, 지금 한 나라의 모든 조직을 통일했다고 하니 얼마나 기가 막히겠는가?

"그, 그게 정말인가?"

유지로는 믿을 수 없다는 표정으로 다시 한 번 물었다.

"물론, 원래라면 내가 일본에 넘어오기 전까지는. 아니, 넘어오고 나서도 한동안 지옥카이는 제거 대상이었다."

"제거 대상?"

"그래, 제거 대상."

유지로는 성환의 낮은 목소리에 얼어붙었다.

일본 야쿠자의 최고 정점인 지옥카이를 두고 지금 어린아이 과자 뺏어 먹는 것 같은 말을 하고 있는 성환의 말에 유지로는 그 말이 농담으로 들리지 않았다.

뭔지 모를 위압감이 자신을 눌러 오는 듯 어깨가 뻐근하고 정신이 혼미해지고 있지만, 그래도 마지막 자존심을 발휘해 억지로 정신을 한데 모으고 있었다.

그리고 문득 유지로는 무슨 생각이 들었는지 눈앞에 있는 성환뿐 아니라 그의 곁에 도열하고 있는 이상한 복장의 사내들을 쳐다보았다.

무엇 때문에 그런 생각에 그들을 보려고 했던 것인지 아직 깨닫지 못했지만 그들을 보며 작게 중얼거렸다.

"저들이 입고 있는 것이 혹시 미국 특수부대가 운영한다는 파워슈트인가?"

문득 파워슈트란 단어가 유지로의 머릿속에 떠올라 자신도 모르게 중얼거렸다.

사실 일본에도 파워슈트가 한때 유행한 적이 있었다.

TV전대물에 나오는 주인공을 평범한 인간에서 슈퍼 히어로로 만들어 주는 특수한 전투복을 말이다.

물론 애니메이션 때문에 그런 것이 아니라 일본 정부에서 미국이 발표한 미래 군인의 전투 장비를 연구한다는 발표를 하고부터였다.

큰 이슈가 되었던 당시 뉴스 때문에 유지로도 기억하고
있었다.

당시 뉴스에 나왔던 모습과 조금 다르긴 하지만 정말로
애니메이션에 나오는 그런 복장과 똑 닮았다.

그리고 유지로 말고도 특별경호원들이 입고 있는 아머슈
트에 관해 짐작하고 있던 사람들이 있었다.

일본 동부가 방사능으로 오염이 되면서 오타쿠의 성지였
던 도쿄 아키하바라가 쇠퇴하고, 오사카의 덴덴타운이 떠오
르면서 그 지역을 관리하고 있던 겐시로가 그 주인공이었
다.

사실 겐시로는 이 자리에 어울리는 인물은 아니었다.

그저 지옥카이의 방계 조직의 하나인 오니가제구미(鬼風
組)의 일반 조직원이었던 그가 일약 조직의 두목으로 올라
서는 일이 있었다.

그건 바로 조직의 수익을 급격하게 올리는 방안을 수립했
고, 성공을 했기 때문이다.

이미 지옥카이에 의해 오사카가 평정이 되고 안정이 되면
서 오니가제구미의 주변은 모두 지옥카이의 방계조직으로
자리매김을 했다.

그 때문에 수익을 내기 위해 주변 조직을 공격할 수가 없

었다.

즉, 땅따먹기를 하기를 못하게 되자 오니가제구미의 수익은 고정이 되어 버렸다.

야쿠자의 힘은 돈이다. 조직을 키우는 것도 돈이고, 지키는 것도 돈이다.

이전까지 야쿠자들이 생각지 못했던 것을 생각해 낸 겐시로는 조직에 막대한 돈을 안겼다.

이 때문에 당시 두목이 자신의 후계로 겐시로를 지명했고, 두목이 은퇴를 한 뒤로 겐시로가 차기 오니가제구미의 두목으로 앉았다.

겐시로가 내놓은 방법은 자신들의 구역인 덴덴타운 일대를 찾는 오타쿠를 상대로 장사를 하는 것이었다.

야쿠자로서 한 번도 생각지 못했던 일이기도 했지만 결과적으로 그 생각은 맞았다.

합법적으로 오타쿠를 상대로 오타쿠들이 원하는 상품들을 파는 숍을 운영하다 보니 이전에 빠찡코 가게를 운영할 때보다 수익이 배 이상 차이가 났다.

아무튼 지역에 맞는 사업을 하다 보니 오니가제구미라는 무서운 이름을 가졌지만 이름과 반대로 캐릭터 사업을 벌이면서 지옥카이의 방계 조직들 중에서도 수익 면에서 상위에 속하게 되었다.

아무튼 그 때문인지 지금 특별경호원들이 입고 있는 아머슈트에 관해서도 가장 먼저 눈치를 챘다.

한편 성환은 유지로의 질문에 답변을 해 주었다.

"우리가 입고 있는 것은 네가 말한 파워슈트의 일종인 아머슈트란 것이다. 현재 아머슈트를 운영하는 나라는 미국과 우리 한국뿐이지."

어떻게 보면 비밀에 속하는 내용이지만 성환은 그런 사실을 유지로에게 아낌없이 알려 주었다.

사실 성환이 이런 이야기를 하는 데에는 다 이유가 있었다.

정보라는 것이 어떻게 쓰느냐에 따라 이것이 이득이 될 때도 있고, 또 독이 될 때가 있었다.

그리고 지금은 자신의 세력을 과시할 때였기에 성환은 자신이 가진 힘을 아낌없이 내보이는 중이다.

물론 지금 유지로에게 들려주는 것이 성환의 모든 힘은 아니다.

자신들이 최고라 생각하던 지옥카이의 야쿠자들의 기를 죽이기 위해선 그들이 가진 힘을 압도하는 것을 들려줘야 한다.

그래서 지금 자신의 밑으로 한국 조직이 있고, 또 중국의 노른자위를 장악한 금련방이 그의 밑에 있다는 것과, 일본의 야쿠자 조직도 이들 빼고는 모두 굴복시켰다는 것까지 들려주었다.

뿐만 아니라 지금 군에서도 극비에 속하는 장비인 아머슈트도 공개한 것이다.

이런 정보를 듣고도 감히 자신에게 반항을 하지 못할 것이기에 성환은 지옥카이를 정리하려던 계획을 철회를 하면서 이런 계획을 변경했다.

한국군의 의뢰로 일본군의 비축된 전쟁 물자를 파괴해야 하는데, 괜히 야쿠자들 정리한다고 많은 살상을 했다가는 자신들의 정체를 들킬 수 있기에 최대한 사상자를 내지 않는 방법을 생각하다 지옥카이를 굴복시키는 것으로 계획을 변경하였다.

그리고 역시나 성환의 짐작대로 지옥카이의 두목 타케다 유지로는 물론이고 각 조직의 두목들은 모두 성환의 이야기에 기가 눌려 반항할 생각을 하지 못하고 있었다.

눈앞에 있는 자들의 전력을 정확하게 파악할 수는 없었지만, 자신이 수장으로 있는 지옥카이와 엄청난 차이가 난다는 것을 인정할 수밖에 없었다.

건물 밖에 얼마나 더 많은 인원이 있는지 모르지만 철옹성이라 생각했던 지옥카이의 본부가 이미 눈앞에 있는 자들에게 장악되었다는 것만으로도 기가 죽을 판이다.

이런 생각을 하던 유지로는 결국 성환의 말에 굴복하고 말았다.

"내가 어떻게 해 주면 되는 것이오?"

"오야붕!"

유지로의 항복 선언에 다른 두목들은 참담한 표정으로 유지로를 불렀다.

하지만 이들도 대안이 없다는 것을 알기에 더 이상 말을 하진 않았다.

한편 성환은 유지로의 말에 고개를 끄덕이며 입을 열었다.

이미 항복 선언을 한 것이나 마찬가지이기에 나이 많은 그에게 더 이상 굴욕적인 모습을 보이게 할 필요는 없었다.

"지금까지처럼 지옥카이는 이 지역을 담당하게 될 것이다."

유지로는 성환의 말에 눈을 크게 떴다.

사실 그의 내심은 겉으로 성환에게 굴복하지만 언젠가 지옥카이의 힘이 회복이 된다면 그때 지옥카이의 진정한 힘을 보여 줄 것이란 결심을 했었다.

그리고 일단 어느 정도 손해를 감수하려는 마음도 먹었다.

물론 지역을 일부이기는 하나 타의에 의해 잃는다는 것이 무척이나 굴욕적이란 생각을 했다.

그런데 지금 눈앞의 정복자는 자신에게 그런 굴욕을 받을 필요 없다는 말을 하였다.

솔직히 야쿠자는 자존심이 살아야 한다.

그렇기에 예전 야마구치와 항쟁을 할 때 그렇게 죽기 살기로 달려들어 결국 그들을 굴복시키고 야마구치의 자리를 차지했다.

그랬기에 세력이 줄어드는 수모를 인정하고, 규모를 축소할 계획까지 머릿속에 궁리하고 있었는데 그럴 필요가 없단다.

참으로 유지로나 다른 소두목들에게 다행한 일이었다.

비록 지옥카이의 위에 누군가 있다는 것은 변함이 없지만 외형적으로 지옥카이는 변화는 없기 때문이다.

즉, 그 말은 자신들만 조용히 지낸다면 외형적으로는 이전처럼 일본 제일의 조직으로 남을 수 있다는 말이 되기 때문이다.

"그 말은 우리 조직을 인정해 주겠다는 말입니까?"

유지로는 성환의 말이 쉽게 믿어지지 않아 조심스럽게 물었다.

그런 유지로의 질문에 성환은 고개를 끄덕이며 계속해서 자신의 생각을 말했다.

"이전처럼 지역을 유지하되, 이전과 다르게 일부 수익금을 내가 지정하는 곳에 보내야 한다."

성환이 내놓은 방안은 바로 중세 영주들에 세금을 걷던 제도를 그대로 응용한 방법이었다.

지금 지배하는 구역을 인정해 주는 대신 일정량의 수익금을 부라쿠의 조직인 신풍회에 보내라는 것이었다.

즉, 성환의 계획은 야쿠자들 위에 신풍회를 두어 이들을 감시 감독 하겠다는 것이다.

한국에서 자신의 영향력에 놓인 만수파의 최진혁이나 부산의 김용성을 대리인으로 둔 것처럼 일본에도 자신이 직접 관리를 하지 못하는 관계로 신풍회를 대리로 앞세웠다.

그렇게 함으로써 공권력으로부터 자신의 존재를 숨길 수 있기도 해 참으로 좋은 방법이었다.

그리고 야쿠자들도 마찬가지로 절대 나쁜 조건은 아니었다.

어차피 자신들은 성환에게 패해 모든 것을 잃을 처지였다.

그런데 일부 상납금만 낸다면 이전 보다 더 넓은 지역을 차지할 수도 있게 되었기에 더욱 성환의 말을 따랐다.

상납금을 내고도 영역이 넓어져 수익은 더 늘어났기 때문이다.

◆　　◆　　◆

　오사카 니시구에 위치한 한 컨벤션 센터.

　그곳에 검은 양복을 입은 사내들이 문전성시를 이루며 모여 있었다.

　그들의 정체는 모두 야쿠자라는 것이 공통점이었는데, 그들은 안면이 있는 사람들끼리 모여 이야기를 하고 있었다.

　"미노루 오야붕! 오랜만입니다."

　"다나카 오야붕! 오랜만이오."

　친분이 있는 조직의 두목들은 웃는 낮으로 상대를 부르지만 어디나 그렇듯 별로 관계가 좋지 못한 조직도 있었다.

　그들은 자리가 자리이다 보니 최대한 상대를 보지 않기 위해 멀리 떨어져 상대를 살피기도 했다.

　이렇게 전국에 있는 야쿠자들이 모이다 보니 컨벤션 센터는 시장 바닥과 비슷한 분위기였다.

　하지만 조금 소란스러운 것은 있으나, 질서가 없진 않았다.

　일단 이 자리에 모인 야쿠자들은 성환에게 굴복해 그의 지시대로 모인 것이기 때문이다.

　이미 사전에 무엇 때문에 모이는지 알고 있기 때문이다.

사전에 이곳에 모이는 이유를 알지만 조금이라도 정보를 더 알아야 이후 자신들의 행보에 유리하기에 안면이 있는 자들끼리 정보를 공유하려는 것 때문에 실내가 시끄러운 것이다.

조금의 시간이 흐르고 사회자가 나와 식이 거행됨을 알렸다.

이 자리는 사실 성환이 특별경호원들을 동원해 일본의 야쿠자 조직과 이들을 감찰하는 역할을 맡은 신풍회의 최초 접견 식을 치르는 자리.

사전에 성환에게서 자신들의 감시역을 맡은 조직이 있다는 것을 들었기에 별다른 반발은 없었다.

하지만 어떤 조직이 자신들 위에 군림할지 궁금하기는 했다.

"잠시 뒤 사장님께서 들어오실 것입니다. 모두 자리에 앉아 주시기 바랍니다."

단상에 들어선 고준희 과장이 마이크에 대고 말을 했다.

고준희 과장의 말이 스피커에 울리자 야쿠자들은 질서정연하게 자리에 앉았다.

컨벤션 센터 안에는 많은 테이블이 있었는데, 테이블 가운데에 각 조직의 이름이 적혀 있는 푯말이 있어, 서로 자리를 찾는 데 혼란은 없었다.

모든 야쿠자들이 각자 자신에게 지정된 자리에 앉자 고준희는 식을 진행했다.

식이 진행될수록 장내는 고준희의 목소리만 울려 퍼지고 야쿠자들의 대화는 줄어들었다.

"연판장에 싸인을 하시면 오늘 일정은 끝납니다. 제일 먼저 지옥카이의 타케다 유지로 두목부터 진행하겠습니다."

말이 떨어지기 무섭게 타케다 유지로 앞에 방만수 과장이 연판장을 가지고 앞에 섰다.

그가 펼친 연판장에 유지로는 말없이 싸인을 하고 장인(掌印)을 찍었다.

확실하게 기록을 남기기 위한 조치였다.

참으로 구시대적인 방법이지만 확실한 방법이었다.

일본 야쿠자의 대부 격인 타케다 유지로가 연명을 하자 그 뒤로는 순조롭게 진행이 되었다.

솔직히 일부 야쿠자 두목들은 전국의 조직이 한 자리에 모이자 잠시 불경한 마음을 품기도 했지만, 일본 제일의 조직이 지옥카이의 두목인 유지로가 아무런 반항 없이 싸인을 하자 마음을 돌리고 그들도 싸인을 했다.

그런데 이들을 놀라게 한 것은 잠시 뒤에 벌어졌다.

지금까지 순조롭게 진행이 되던 장내는 한순간에 도떼기시장처럼 변해 버렸다.

이런 변화가 일어난 것은 바로 야쿠자들을 감찰할 조직을 소개할 때 나타난 인물들 때문이었다.

그동안 인간으로 취급도 하지 않던 부라쿠들이 장내로 들어서자 그렇게 된 것이다.

"아니, 이게 어떻게 된 일이야!"

"저것들이 왜? 이곳에 나타난 것이냐!"

여기저기서 큰 소리가 들리고 소란스러웠다.

하지만 단상에 있는 성환이나 KSS경호의 간부들 어느 누구도 나서서 이들을 진정시키지 않고 가만히 지켜보기만 했다.

그렇게 소란스럽던 장내는 시간이 흐르자 어느 정도 진정이 되었다.

장내가 조용해지자 성환이 나서서 물었다.

"뭐가 불만이지? 내가 누굴 내 대리인으로 세우던 그건 내 자유 아닌가? 너희는 내게 굴복했다."

차갑고 단호한 성환의 물음에 자리에 있던 야쿠자 두목 그 누구도 성환의 말에 반박할 수가 없었다.

이미 성환의 무력을 겪어 본 뒤라 감히 반항을 했다간 어떻게 된다는 것을 빤히 알기 때문이다.

더군다나 이 자리에 있는 두목들은 성환이 대리로 세운 부라쿠들의 힘을 누구 보다 잘 알고 있었다.

더욱 두려운 사실은 성환이 그들을 조직으로 뭉치게 만들었다는 사실이다.

야쿠자들도 부라쿠를 용병으로 쓸 때도 암중으로 그들이 뭉치지 못하게 힐책했었다.

만약 그들이 뭉쳤을 때 자신들로써는 컨트롤하기가 힘들 것이란 사실을 깨달았기 때문이다.

그런데 지금 우려했던 것이 현실로 다가왔다.

더욱이 자신들의 감시자로 그들의 조직이 선정이 되었다.

만약 반항을 했다가는 돌연변이인 부라쿠들의 방문을 받을 수 있었기에 야쿠자들은 불편한 심기를 숨기지 않았다.

그렇지만 성환은 야쿠자들의 그런 점은 전혀 고려하지 않았다.

자신이 그런 것을 고려해 줄 아무런 이유가 없기 때문이다.

사실 야쿠자들을 남겨 둔 것도 이들을 살려 주기 위한 것보다는 특별경호원들의 손에 피를 최대한 덜 묻히기 위해서다.

아무리 정신 무장이 잘되어 있다고 해도 사람을 죽인다는 것은 그 사람이 정신이상자가 아닌 이상 정신에 막대한 타격을 입기 때문이다.

고대는 모르겠지만 현대인에게 아무리 훈련된 군인이라

하나 인간이 인간을 죽인다는 것은 크나큰 스트레스로 작용한다.

성환 자신이야 이미 무공의 경지가 절대의 경지에 다다라 인간의 한계를 넘어선지 오래전이라 그런 영향을 받지 않지만 특별경호원들은 달랐다.

그들이 성환의 교육으로 무공을 수련했다고 하지만 살인에 대한 스트레스를 극복한다는 것은 쉽지 않았다.

그렇기에 성환은 야쿠자 조직을 정리하면서 최대한 살인을 하지 못하게 막았다.

처음에야 한국에서 벌어진 테러에 대한 보복을 한다는 생각에 특별경호원들의 정신이 스트레스를 인식하지 못했지만 시간이 갈수록 테러에 대한 생각보다 직접적으로 자신의 손에 느껴지는 피의 무게를 느끼게 된다는 사실을 잘 알고 있기에 그런 조치를 취하였다.

하지만 이 자리에서는 달랐다.

이 자리에서 야쿠자들이 반항을 한다고 해서 굳이 특별경호원들을 전면에 내세울 필요가 없었다.

바로 부라쿠들을 투입하면 된다.

그들은 자신들의 생존에 관한 이상을 성환에게서 보았기에 사람을 죽이는 데 전혀 거리낌 없을 것이다.

부라쿠들에게 가장 중요한 것은 바로 자신의 가족과 마을 사람들의 생존이다.

그것을 성환이 책임지기로 했고, 자신들이 죽은 뒤에도 책임져 주기로 약속을 했으니 자신들은 성환의 명령에 복종을 하면 되었다.

어차피 짧은 수명을 가지고 태어났기에 오래 살지 못한다는 것을 알고 있는 부라쿠들이라 살인에 대한 스트레스를 일반인보다 덜했다.

아니, 가족의 생존을 위해서라면 그런 스트레스를 극복하였다.

2.
미국과의 협상

성환이 야쿠자를 상대하고 있을 때, 대한민국 청와대에서
는 대통령은 안보회의를 하고 있었다.

"이 총장! 내 승낙하긴 했는데, 어느 선까지 생각하는 중
입니까?"

대통령은 군부에서 요청한 보복에 대하여 승인을 하였지
만 썩 마음이 놓이지 않았다.

비록 일본에 의해 테러를 당했다고 하지만, 자신들도 보
복으로 테러를 행한다는 것이 심적으로야 자신도 그렇고 싶
은 마음이 컸다.

하지만 자신은 일반 개인이 아닌 한 국가를 책임지는 대

통령이었다.

그렇기 때문에 많은 것을 고려해야만 한다.

만약 대한민국이 역으로 보복테러를 감행했다는 것이 외부에 알려지기라도 한다면 많은 논란이 일어날 것이다.

현재 세계 각국은 테러를 당한 대한민국에 많은 동정을 보내고 또 많은 것을 양보해주고 있었다.

각종 구호품과 성금이 전달되고 있기도 했다.

그런데 이때 자신들이 일본에 보복테러를 하러 사람을 파견했다는 사실이 밝혀진다면 어떻게 되겠는가?

그것은 대통령으로서도 장담을 할 수가 없었다.

일부 대한민국의 마음을 이해하려는 사람도 있을 것이고, 또 일부 사람들은 똑같은 테러국으로 보려는 사람도 생길 것이기 때문이다.

이런 우려의 목소리가 정부 내에서도 나오고 있기에 대통령은 육군 참모총장인 이기섭 총장을 호출해 의견을 물어보는 것이다.

대통령 주변에 있던 안보회의 참석자들도 대통령의 물음에 이기섭 총장을 주시했다.

모든 사람의 주시를 받자 이기섭 총장은 조심스럽게 입을 열었다.

"보복은 필요합니다. 다만 우리는 일본처럼 민간인에 대한 테러를 하려는 것이 아닙니다."

"보복은 필요하지만 민간인에 대한 테러가 아니다?"

"예, 국군 정보사령부의 정보에 의하면 일본은 지금 우리와의 전쟁을 상정하고 전쟁 물자를 모으고 있다고 합니다."

이기섭 총장은 일본이 미국에 로비스트를 파견해 무기 구입을 하고 있다는 사실을 알렸다.

"그게 사실이오? 음……."

대통령은 물론이고 자리에 있는 사람들은 모두 이기섭 총장의 말에 깜짝 놀랐다.

일본이 테러를 일으키기 전부터 대한민국과 전쟁을 준비하고 있었다는 말에 놀라지 않을 수가 없었다.

그리고 그런 정보를 듣고 난 뒤 하나같이 정신을 나간 표정들이었다.

이 중에는 그래도 일본통이라 불리며 친 일본적인 성향을 가진 위원도 있었지만, 어느 누구도 이런 정보를 듣지 못했기 때문이다.

즉, 그 말은 자신은 일본과 가깝다고 생각했는데, 일본은 그를 중요한 파트너로 생각하지 않고 그저 기르는 개 정도로 취급했단 사실을 깨닫게 된 것이다.

"그런데 우선 정부에서 미국과 협상이 중요합니다."

이기섭 총장은 모든 사람들이 공황 상태에 있을 때 느닷없이 미국을 언급했다.

무엇 때문에 이 상황에서 미국이 나오는 것인지 알지 못한 대통령이 그 이유를 물었다.

"이 상황에서 미국과 어떤 협상을 한다는 것입니까?"

"사실 미국에게 우리나 일본은 아시아에서 아주 중요한 동맹국입니다. 그런데 이번에 우리와 일본의 관계가 악화되면서 전쟁 직전에 이르렀습니다."

이기섭 총장의 이야기가 계속될수록 안보회의에 참석한 사람들의 표정은 시시각각 변해 갔다.

"미국은 러시아와 중국을 견제하기 위해선 어찌 되었던 일본을 버리진 않을 것입니다. 더욱이 일본은 미국의 군수산업의 중요한 시장이기에 더욱 그러합니다."

이기섭 총장의 이야기를 모두 들은 대통령이나 안보회의 위원들은 고개를 끄덕였다.

초강대국 미국은 자국의 이익을 위해서라면 악마와도 손을 잡을 인간들이었다.

겉으로야 세계의 경찰국이고, 세계평화를 위해 노력을 한다고 하지만 그 모든 분쟁의 중심에 미국이 있었다.

자국의 이익에 가장 민감하게 반응을 보이는 미국, 그들이 만약 한국이 일본에 보복테러를 감행한다고 했을 때, 순순히 그것을 두고 보지만은 않을 것이라 보았다.

"이 총장은 그럼 우리가 어떻게 해야 미국이 그냥 두고 볼 것이라고 생각하시오?"

이야기를 들으면 들을수록 대한민국이 취할 행동은 너무도 빤했다.

세계 7위의 군사력을 가진 무척이나 강력한 나라이지만, 주변에 있는 나라들의 군사력이 세계 최강을 다투는 나라들이라 눈치를 보지 않을 수가 없었다.

이번에도 일본에 테러를 당했으면서도 마음대로 보복도 못하고 미국의 눈치를 봐야만 했다.

아직까지 한국 보다 일본이 미국에 더욱 우선되는 시장이기 때문이다.

한편 이기섭 총장은 방금 전 대통령의 질문을 받으며 며칠 전 참모들과 회의를 하던 것이 생각났다.

◆　　◆　　◆

육군본부 작전회의실에 참모총장을 비롯한 전군사령관들의 회의를 하는 중이었다.

그런데 오늘의 주제는 다른 것이 아니라 일본의 테러에 대한 보복테러가 가능한가?

가능하다면 범위는 어느 선까지 해야 하는가에 대한 회의였다.

많은 육군 장성들이 보복테러에 관해 열띤 토론을 하고 있는데, 일부는 전면전을 상정하고 그에 상응하는 단순 테러가 아닌 전시 작전에 준하는 테러를 해야 한다고 주장했다.

하지만 다른 의견도 있었는데, 정보사령부의 사령관인 이기호 중장이었다.

그는 다른 장성들과 다르게 일본에 대한 보복은 당연하다고 말을 하면서도 그 범위에 대한 이야기를 했다.

"그럼 우리가 보복을 했을 때 그 범위를 어디까지 해야 한다고 생각하나?"

이기섭 총장의 물음에 이기호 중장은 침중한 표정으로 대답을 해다.

"이번 테러에 대한 보복을 할 때 고려해야 할 것이 하나 있습니다."

"그러니까 그게 뭐냐는 말이야!"

이기섭 총장은 답답한 마음에 급기야 반말까지 하게 되었다.

너무도 질질 끄는 듯한 이기호 중장의 말이 답답했기 때문이다.

그런 총장의 말에 이기호 중장은 얼른 자세를 바로 하고 대답했다.

"우리가 보복을 결행할 때, 우린 미국을 생각하지 않을 수 없습니다."

"그건 무엇 때문이지?"

이기섭 총장은 이기호 중장이 미국은 언급하지 그 이유를 물었다.

그러자 이기호 중장은 기다렸다는 듯 그 이유를 말했다.

"그건 일본이 미국의 아주 중요한 시장이기 때문입니다. 뿐만 아니라 일본은 미국이 러시아와 팽창하는 중국을 견제할 때 보조를 해야 하는 나라이기도 합니다."

이기호 중장의 이야기가 끝나자 자리에 있던 장군들도 모두 고개를 끄덕였다.

확실히 미국에게 일본은 엄청난 시장이다.

만약 미국이 한국과 일본을 두고 선택을 하라고 한다면 미국은 단연 일본을 선택할 것이다.

그만큼 미국에 일본이 차지하는 비중이 한국보단 우선이기 때문이다.

"그럼 어느 선까지 우리가 손을 댔을 때 미국이 이해를 할 것이라 생각하나?"

이기섭 총장은 한국이 보복을 감행한다면 어느 선까지 해야 미국이 간섭을 하지 않을 것인지 물었다.

그러자 이기호 중장은 기다렸다는 듯 대답을 했다.

"저희 사령부 정보 분석관들이 고민한 끝에 나온 결과로는 저희가 일본과 전면전을 하는 것 보다는 일본군이 자위대 시절로 회귀 시키는 정도가 적당하다는 결론을 얻었습니다."

"자위대?"

"예, 아마 미국은 지금보단 차라리 일본군이 자위대였을 때가 더 나았다는 것을 지금에 와서 깨달았을 것입니다. 그러니 로비스트가 무기 구입을 하기 위해 찾았을 때 거절을 했겠지요."

"그게 사실입니까?"

"어떤 것 말씀이십니까?"

"미국이 일본의 무기 구입을 거절했다는 말입니다."

"아, 예. 얼마 전 미국에서 들어온 첩보에 의하면, 일본이 우리나라에 테러를 일으키기 전 로비스트 토리야마 아키라를 미국에 파견을 했습니다. 일본은 전쟁에 필요한 각종 무기들을 구입하려고 하였지만 미국은 이를 거절했습니다."

"흠, 미국이…… 의외군?"

미국이 무기 구입을 거절했다는 말에 이기섭 총장을 비롯해 장군들은 고개를 갸웃거리며 그 이유를 알지 못해 작게 중얼거렸다.

"그런데 그게 의회의 반대를 무릅쓰고 백악관에서 더글라스 대통령 명의로 그런 명령이 내려왔다는 것입니다."

"뭐라고요?"

이기섭 총장은 이기호 중장의 입에서 무기 수출 금지 명령을 내린 것이 미국 대통령이며 그가 의회의 반대를 무릅쓰고 그런 명령을 내렸다고 하는 대목에서 깜짝 놀랐다.

현재 미국은 막대한 무역 적자를 보고 있었다.

그런데 최소 수십억 달러에서 수백억 달러나 될 거래를 막았다는 것에 이해가 가지 않은 것이다.

더욱이 수출에 방해되는 법안을* 일시 해제를 해서라도 성사 시켰어야 할 거래를 대통령령으로 막았다는 것에 놀랐다.

"그럼?"

"예, 그래서 일본의 로비스트는 차선으로 미국에 암약하는 무기상을 통해 전쟁에 필요한 무기들을 사들였다고 합니다."

"음."

미국이 무기 수출을 금지했다는 말에 안심을 하던 이기섭 총장의 입에서 로비스트가 무기 상인에게 무기를 사들였다는 말을 듣고 신음을 흘렸다.

그래도 천만다행으로 정식 루트로 구입한 것이 아니기 때문에 수량은 많지 않을 것을 판단이 되었다.

"그럼 현재 일본군의 무장 상황은 어떤가?"

"자세한 정보는 아직 조금 더 조사를 해 봐야 하겠지만, 일단 전면전을 상정했을 때 삼 일간 사용할 물자를 확보한 것을 파악되고 있습니다."

비축 물자가 삼 일 치가 확보되었다는 말에 답답해졌다.

말이 삼 일 치지 대한민국 국군도 전쟁 비축 물자가 여유가 있는 것이 아니다.

한국은 한반도에 전쟁이 발발했을 때, 15일을 상정하고 있었다.

그랬기에 전쟁이 발발한다면 한국군은 15일간 전투를 벌이면 물자가 모두 떨어진다는 소리였다.

이때는 일본 오키나와에 있는 미군으로부터 보급을 받아야 한다.

물론 이게 전부 나중에 미국에 갚아야 할 빚이지만 말이다.

그것이 한미 전시 작전의 내용 중 하나다.

아무튼 일본군이 전쟁을 상정하고 이미 오래 전부터 전쟁 준비에 들어갔다는 말에 장성들의 표정이 쉽게 풀리지 않았다.

"그러니 이번 보복 테러는 철저하게 일본군의 저장 시설을 타깃으로 해야 한다는 것입니다."

이기섭 중장은 마지막으로 보복테러를 하려는 시점에서 그 범위를 일본군 군사 시설 중에서도 무기 저장 시설을 타깃으로 하자는 제안을 했다.

"그렇게 함으로써 우리는 많은 이득을 취할 수 있습니다."

"그게 뭔가?"

"우선 첫 번째로는 우리가 보복테러를 했다 하더라도 세계 각국의 비난을 받지 않을 수 있다는 것입니다."

"비난을 받지 않는다?"

"예, 그리고 두 번째는 일본이 전쟁을 하기 위해 준비하던 물자가 파괴됨으로써 시기를 늦출 수 있습니다. 아니, 경우에 따라서는 오히려 저희들의 침략을 걱정해야 할 수도 있습니다."

이기호 중장은 보복테러를 할 존재가 성환과 전직 S1부 대원들이란 것을 생각하고 뒷말을 바꿔 말했다.

그들의 능력이라면 최소 목표의 절반은 파괴할 수 있을 것으로 예상되기 때문이었다.

하지만 이것도 이기호 중장이 그들의 능력을 예전 국군 정보사령부에 있을 당시의 정보를 토대로 상정한 능력치였다.

벌써 이 년이나 지난 과거의 데이터로 현재의 특별경호원들을 판단하는 오류를 범한 것이다.

만약 현재 그들이 가진 능력과 장비를 알았다면 이기호 중장은 이 자리에서 일본에 전면전을 벌이자는 발언을 했을 것이었다.

세상에서 그들을 막을 수 있는 곳은 그 어디에도 없었기 때문이다.

군에 있을 당시보다 세 배는 더 강해진 능력과 최신형 아머슈트까지 장비한 그들을 막을 수 있는 부대는 지구상에 존재하지 않았다.

거기에 성환까지 가세를 한다면 목표는 그대로 전멸할 것이다.

아무튼 이기호 중장은 성환과 특별경호원들이라면 최소 일본군의 전쟁 수행 능력을 현재의 절반 이하로 떨어뜨릴 수 있을 것이라 판단을 하고 발언했다.

그런 이기호 중장의 이야기를 들은 이기섭 총장의 입가에 미소가 드리웠다.

"세 번째는 미국이 중재할 명분을 줄 수 있다는 것입니다."

"중재할 명분?"

"예, 어찌 되었든 우리와 일본은 미국에 동맹입니다. 어느 하나를 포기하라고 할 수는 없습니다. 우리는 이런 미국에 적당히 그들의 체면을 세워 주며 그들을 끌어들여야 합니다. 그럼으로써 우린 일본에 테러에 대한 보상을 요구할 수 있기 때문이다.”

“아!”

이기호 중장의 이야기를 모두 들은 이기섭 총장이나 장성들은 그가 하려는 말의 요점을 깨달았다.

전면전을 하게 된다면 어찌 되었든 한국도 전력이 약화가 된다.

그렇게 된다면 북한의 도발을 막을 수가 없었다.

그러니 한국은 전쟁을 할 수도 있다는 듯 모션만 취하고 미국에 중재를 부탁하는 것이다.

그리고 미국의 중재를 받아 협상을 하는 자리에서 한국은 일본에 이번 테러에 대한 책임을 묻고 그에 대한 배상을 받는 것이다.

이렇게 된다면 한국은 한국대로 이득을 볼 수 있으며 미국은 미국대로 최대한 이득을 볼 수 있으니 아마 한국이 요청을 하면 미국은 한국의 제안을 받아들일 것이 분명했다.

“아주 좋군!”

“총장님 그런데 우선 적으로 미국과 협상을 해야 합니다. 그들이 원하는 것을 정확히 파악을 한 다음 움직이는 것이 우리에게 가장 좋습니다."

이기호 중장은 마지막으로 보복테러를 하기 전 미국과 협상을 하는 것이 중요하다는 말도 하였다.

◆　　◆　　◆

이기섭 총장은 육군본부에서 들었던 이기호 중장의 제안을 그대로 대통령과 안보회의 참석자들에게 들려주었다.

총장의 이야기를 들은 모든 사람들은 눈이 번쩍 뜨였다.

참으로 훌륭한 안건이었기 때문이다.

만약 그의 말대로 미국이 그런 생각으로 일본에 무기 수출을 금지했다고 한다면 충분히 승산이 있었다.

그리고 사실 민간인에 대한 테러를 한다는 것이 찜찜하기도 했었는데, 그 목표가 일본군의 군수시설이란 말을 듣고 안심이 되었다.

"좋습니다. 미국이 어떤 생각을 하고 있는지 알아보고 또 우리의 생각도 전하겠습니다."

대통령은 이제야 좀 마음이 편해진 것인지 처음 회의를 할 때보다 한결 얼굴 표정이 밝아졌다.

"총리!"

"예, 대통령님!"

"이야기 들었지요?"

"예, 아주 잘 들었습니다. 참으로 기발한 생각입니다. 그렇게만 된다면 일본의 군사력을 낮추면서도 미국과 관계를 더욱 공고히 할 수 있는 기발한 방법입니다."

박성환 총리도 이기섭 총장의 이야기를 듣고 답답하던 가슴이 뻥 뚫리는 듯한 시원함을 느꼈다.

총리로 임명이 된 뒤로 한국을 위해 열심히 노력을 했는데, 일본의 테러로 인해 얼마나 심신이 고생을 했던가?

더욱이 테러에 대한 항의를 하기 위해 불렀던 일본대사가 보였던 그 뻔뻔한 말을 들었을 당시에는 피가 거구로 솟는 듯한 느낌에 쓰러질 뻔도 했다.

그런데 지금 육군 참모총장이 가져온 안건에 박성환 총리는 그때의 울분이 씻은 듯 사라졌다.

"맡겨 주십시오. 제가 미국에 날아가 담판을 짓고 오겠습니다."

박성환 총리는 어디서 그리 힘이 나는지 주먹을 불끈 쥐며 대답을 했다.

안보회의장은 처음 소집되었을 때와는 180도 바뀐 분위기로 밝아졌다.

◆　　◆　　◆

워싱턴 D.C 변두리 허름한 호텔에 일단의 사람들이 모여 심각한 토론을 하고 있었다.

"매케인 차관, 이번 테러는 우리 한국으로서는 절대로 묵과할 수 없는 문제입니다."

박성환 총리는 미국의 협상 대표로 나온 존 매케인 국무부 차관을 향해 한국의 입장을 설명했다.

대한민국은 일본의 특수부대에 의해 벌어진 테러에 관해 강경한 입장을 표명했다.

"하지만 일본도 우리 미국에는 중요한 동맹국입니다. 동맹국 두 국가가 그렇게 대립을 한다면……."

매케인 차관은 미국은 한국과 일본의 대립을 원하지 않는다는 원론적인 대답만 하고 있었다.

그런 매케인 차관의 대답을 중간에 끊은 박성환 총리는 조금 더 강경하게 그를 몰아붙였다.

"말씀 잘하셨습니다. 그럼 동맹국에 테러를 아니, 이건 테러 정도가 아니라 군사도발이나 마찬가지 아닙니까? 저들은 테러가 있기 전부터 대량의 무기를 구입하였습니다."

비록 외교원칙에 상대방의 말을 중간에 끊는다는 것이 큰 결례란 것을 알지만 현재 박성환 총리의 생각이나 대한민국 입장에서 그가 하는 말은 들어 줄 일고의 가치가 없었다.

사실 처음 매케인 차관이 협상 대표로 나온다고 했을 때, 박성환 총리나 협상단은 눈살이 찌푸려졌다.

그도 그럴 것이 미국 내 전형적인 친일 성향의 공무원이기 때문이다.

그는 젊은 시절 국무부에 들어오면서 처음 발령받은 곳이 바로 일본이었다.

일본에 있는 대사관 직원으로 근무를 하고 장장 10년이라는 짧지 않은 시간을 일본에서 보냈다.

그리고 일본에서 결혼을 하였는데, 그의 아내는 일본 명문가문의 장녀였다.

헌신적인 내조를 하는 일본 여성의 전형인 아내 덕에 매케인은 현재 차관의 자리까지 오르게 되었다.

명문가 처가를 둔 덕에 많은 지원을 받아 지금의 위치에 오르다 보니 그의 성향은 일본의 이익을 많은 부분 대변하고 있었다.

그 때문에 국무부 내부에 많은 반대 세력이 있지만 그래도 정치적 감각은 뛰어났는지 책잡힐 만한 과오는 범하지 않고 있어, 차기 또는 차차기 국무장관 감으로 점쳐지고 있는 인물이기도 했다.

아무튼 영향력이 막강한 국무부 차관인 매케인이 협상에 나오는 것은 당연했지만, 한국의 입장에선 그가 협상장에 나오는 것은 결코 반갑지만은 않았다.

물론 친일 성향의 그가 한국과의 협상장에 나온 것은 다분히 의도된 것이지만 미국이 의도하는 것이 무엇인지 모르는 박성환 총리나 한국 대표부는 현재 무척이나 답답한 심정이었다.

"그럼 우리 대한민국은 동맹국이 아니란 말이오? 그것이 미국의 공식적인 입장입니까?"

일본도 동맹국이니 자중하라는 매케인 차관의 말에 급기야 화가 머리끝까지 난 박성환 총리는 고함을 치듯 말했다.

지금까지 그 어떤 외교관이나 국가수반도 미국의 차관에게 이처럼 큰소리를 친 사람이 없었다.

아니, 아무리 화가 나더라도 미국이라는 국가가 그 뒤에 있다 보니 함부로 말을 할 수가 없었던 것이다.

그런데 언제나 미국의 말을 잘 따르던 한국의 총리가 국무부 차관이 자신에게 큰소리를 치자 매케인 차관은 급 정색을 했다.

하지만 곧 자신이 너무 한국을 몰아붙였다는 판단을 했다.

아무리 자신이 일본과 좀 더 가까운 사이라고 하지만 자신은 엄연히 미국의 이익을 대변하는 미국 국무부 직원이지 않은가?

"아, 방금 제가 한 말은 잊어 주시기 바랍니다. 다만 제가 드린 이야기는 일본이나 한국 모두 미국의 동맹이니 원만하게 해결을 하는 것이 바람직하지 않느냐는 생각에서 드린 개인적인 생각을 말씀드린 것입니다."

일단 자신이 실수했다는 것을 깨달은 매케인 차관은 자신의 실수를 인정했다.

"미국도 테러와의 전쟁을 수행하고 있지 않습니까? 저희 한국도 테러에 관해선 강경한 입장입니다. 그리고 제가 이 자리에 나온 것은 동맹인 한국을 대상으로 테러를 자행한 일본에 응당한 보복을 하겠다는 것을 동맹인 미국에 통보하고 그에 대비하라는 생각에서 이렇게 찾아온 것입니다."

미국 대표로 나온 매케인 차관이 약점을 보이자 박성환 총리는 이때다 싶어 그 부분을 물고 늘어지며 강경하게 나갔다.

언제 미국의 국무부 차관을 이렇게 몰아붙여 보겠는가.

정치라는 것이 일단 약점을 잡았다면 끝까지 물고 늘어져 놓지 않아야 원하는 것을 얻을 수 있는 것이다.

한편 자신이 괜히 일본의 피해를 줄여 보겠다고 중재에 나섰던 것이 약점이 되고 말았다.

솔직히 눈앞에 앉아 있는 한국 대표를 처음 보았을 때는 자신만만했었다.

언제냐 미국의 눈치를 보는 한국 정치인들의 성향을 너무도 잘 알고 있었기에 너무도 쉽게 생각했다.

이건 참으로 치명적인 실수가 되어 지금 자신을 압박하는 카드가 되어 돌아왔다.

'제길, 괜히 그들을 편 들어주다가…….'

"그렇지요. 테러는 당연히 강경대응을 해야 합니다. 저희…… 하지만 똑같이 보복을 한다면 한국 또한 사람들의 지탄을 면치 못할 것입니다. 그러니……."

일단 자신이 약점을 잡혔다는 것을 깨달은 매케인은 순수하게 자신의 실수를 인정하면서도 성향은 변하지 않는 것인지 이야기를 하다 보면 결국은 그래도 동맹이니 일본에 대한 보복을 중지하라는 말이었다.

그렇지만 이미 한국은 준비가 끝난 상태였기에 박성환 총리는 그의 말을 들어줄 생각이 없었다.

아니, 들어줄 수가 없는 문제였다.

한국의 입장에서 그냥 주는 것 없이 미운 상대가 바로 일본이다.

그런데 그런 일본에 동맹이라고 과거의 울분을 참고 동반자로 뒤를 맡겼더니 뒤통수를 제대로 맞았다.

그런 상태에서 보복을 하지 않는다면 국가가 있을 필요가 없었다.

국가의 최우선 과제는 바로 국민의 보호였다.

하지만 대한민국은 그것을 지키지 못해 전국에 발생한 테러에 무방비로 당했다.

사전에 차단을 할 수도 있었을 테지만, 결과적으로 그러지 못했다.

그렇다면 울분에 찬 국민의 심정을 풀어 줘야 하는 것이 맞는 것 아닌가.

그래서 보복을 준비하고 있는 것이다.

"말장난으로 우리의 결심을 막을 생각일랑 하지 마시오. 정말로 미국이 테러와 전쟁을 하는 나라라면 절대로 일본의 편을 들어선 안 되는 일입니다."

너무도 강경한 박성환 총리의 말에 매케인 차관은 더 이상 협상을 하다가는 미국의 이익을 대변할 수 없다는 생각에 일단 여기에서 협상을 중단해야겠다는 판단을 내렸다.

"총리님, 이단 감정이 격해지신 것 같은데, 오늘은 이만 협상을 종료하고 내일 이 시간에 다시 하기로 하지요. 저도 국무부로 돌아가 한국의 입장을 알리고 상부의 지시를 받아오겠습니다."

매케인 차관은 일방적으로 협상 중단을 선언하고 자리에서 일어나 밖으로 나갔다.

협상을 중단하고 밖으로 나가는 매케인 차관의 뒷모습을

보는 박성환 총리의 이가에는 조금 전 서릿발 같던 표정이 사라지고 미소가 걸렸다.

일단 첫 협상에서 우위를 점했기 때문이다.

잘만 하면 처음 상정하고 왔던 목표를 상향해도 될 것 같았다.

'친일 인사인 매케인 차관이 협상 대표로 나온다고 해서 긴장을 했는데, 차라리 오히려 잘되었군!'

박성환 총리가 그렇게 속으로 생각을 하고 있을 때, 그를 수행하고 온 외무부 차관이 다가왔다.

"총리님, 생각보다 매케인 차관이란 사람 빈틈이 많군요?"

협상 내내 박성환 총리의 옆자리에서 협상 내용을 지켜보던 박영수 차관은 협상을 지켜보던 소감을 말했다.

그런 박영수 차관의 말에 박성환 총리도 답을 했다.

"확실히 그렇긴 하지만 그가 한 말실수만 아니었다면 이렇게 쉽게 뒤로 물러나진 않았을 거다."

박성환 총리는 매케인 차관이 이렇게 쫓겨나듯 물러난 것이 자신이 한 말실수 때문이란 것을 잘 알기에 방심하지 않고 박영수 차관에게 설명을 해 주었다.

아직까지 협상이 모두 끝난 것이 아니기 때문에 자칫 방심을 하다 덜미를 잡힐 수도 있었다.

◆　　◆　　◆

한편 협상장을 빠져나가는 매케인 차관의 표정은 안에 남
아 있는 박성환 총리와 정반대로 무척이나 구겨져 있었다.

"제길, 내가 그런 실수를 하다니."

매케인은 자신이 한 초보 같은 실수에 대해 중얼거렸다.

정말로 초보나 할 것 같은 실수를 저지르고 말았다.

그 때문에 협상 내내 상대에게 끌려가지 않았는가?

그것만 아니라면 최대한 유리한 입장에서 협상을 했을 것
이고, 그렇게 했다면 충분히 일본에 피해가 덜 가게 할 수
도 있었을 것이다.

만약 그렇게 했다면 일본 정부는 자신에게 고마움을 느끼
고 이전 보다 더 많은 지원을 해 주었을 것인데, 그것이 수
포로 돌아갔다.

사실 매케인은 이번 협상에 나오기 전 일본대사에게 협상
내용을 알렸다.

협상 내용을 전달받은 일본대사는 잘 부탁한다는 말과 함
께 백만 달러를 전달해왔다.

이전에도 일본에 유리한 법안이나 정보를 알려 주고 이렇
게 정보비를 받았었다.

국무부 차관으로 있다 보면 많은 정보들이 들어오는데, 그런 것들 중 일본에 필요한 것들을 엄선해서 보내 주는 것이다.

사실 이런 것은 자신뿐 아니라 국무부에 있는 직원들은 공공연하게 이뤄지고 있는데, 물론 불법이고 감찰부에 걸리면 스파이 혐의로 고발된다.

하지만 이미 이런 일에는 상납 고리가 형성이 되어 있기에 웬만한 일 가지고는 감찰이 나오진 않는다.

그렇기에 이번에도 일본대사에게 많은 돈을 받고 협상에 유리하게 말을 했는데, 그만 실수를 하고 말았다.

이번 사안이 테러로 인해 벌어진 사안이란 것을 깜빡한 것이다.

"제길, 어떻게 가서 보고를 하지."

협상에 관한 내용을 상부에 보고를 해야 하기 때문에 매케인 차관은 순간 짜증이 확 올라왔다.

물론 자신이 실수한 것 때문에 협상에 불리해진 것이기에 이번 일은 자신에게 이득 보다는 소해가 막심할 것 같았다.

보고할 것 때문에 짜증이 나면서도 또 한편으로는 하찮게 생각했던 한국에 쫓기듯 물러났다는 것이 더욱 짜증나고 화가 났다.

◆　　◆　　◆

　"그러니까 자네 말은 한국이 이전과 다르게 강경하단 말이지?"

　"그렇습니다. 이번에는 쉽게 저희의 말을 듣지 않을 것 같습니다."

　"그건 또 무슨 말이지?"

　제퍼슨 국무장관은 매케인 차관의 보고를 받으며 고개를 갸웃거렸다.

　한편 매케인 차관은 자신이 협상장에서 실수한 것은 보고하지 않고 협상장에서 보인 박성환 총리의 강경한 대응만 보고를 하고 있었다.

　"아무래도 이번 협상이 일본이 벌인 테러와 관련이 있다 보니 한국은 테러에 대한 보복을 단단히 준비를 한 것 같습니다."

　"그거야 당연한 것 아닌가? 자네도 그것을 모르고 간 것은 아니지 않나?"

　"그렇긴 한데, 우리 미국 입장에선 양국이 서로 원만하게 협상을 하는 것이 좋지 않습니까?"

　"그것은 맞는 말이지만 이번 사안은 일본이 너무 과욕을 부렸어."

제퍼슨 국무장관은 매케인 차관의 말을 들으면서 턱을 쓰다듬었다.

턱을 쓰다듬던 국무장관은 다시 매케인 차관을 돌아보며 물었다.

"그래, 그럼 한국은 어디까지 한다고 하던가?"

"예? 그건 무슨 말씀입니까?"

느닷없는 질문에 매케인 차관은 그게 무슨 말인지 되물었다.

그런 매케인 차관의 모습에 살짝 눈살을 찌푸린 제퍼슨 국무장관은 차갑게 물었다.

"한국이 어디까지 보복을 할 것인지 듣지 못했냐는 말이네."

차가운 상관의 말에 매케인 차관은 정신이 번쩍 들었다.

너무도 강경한 태도에 거기까지 듣지도 않고 협상 테이블에서 물러났기 때문이다.

"그, 그것이 아직 거기까지 이야기가 진행이 되지 않았습니다."

제퍼슨 국무장관은 설마 협상 대표로 갔던 매케인 차관이 상대의 목적도 듣지 않고 협상 일정을 날려 버렸다는 말에 어이가 없었다.

"지금 무슨 말이지? 설마 협상장에 가서 그런 기본도 듣지 않고 돌아왔다는 말인가?"

너무 어이없어 물어 오는 제퍼슨 국무장관의 말에 매케인의 고개가 숙여졌다.

"내 자네를 너무 높게 생각했나 보군!"

상관의 냉정한 말에 매케인은 할 말이 없었다.

오늘 하루는 뭔가에 홀린 것처럼 실수를 연발하고 있었다.

국무부 차관이란 엄청난 자리에 있기는 하지만 더 앞으로 나가기 위해선 약점을 잡혀선 안 된다.

언제 어느 때 경쟁자에게 넘어가 비수가 되어 자신의 심장을 찌를지 모르기 때문이다.

아무리 처가가 일본의 명문이라 하지만 자신의 터전은 일본이 아니라 미국이다.

지금까지야 처가의 도움으로 지금의 자리에 올라왔지만 이 이상의 자리에 오르기 위해선 자신의 상관인 제퍼슨 국무장관의 도움이 절실했다.

그런데 지금 그에게서 냉정한 평가와 같은 말이 나왔다.

"자네가 일본과 무척이나 가깝게 지낸다는 것을 잘 알고 있지만 자넨 일본의 차관이 아닌 우리 미합중국의 국무부 차관이란 것을 명심하게. 그리고 어떤 것이 우리 미국에 이익을 가져다줄 것인지도 말이야. 그리고 새겨듣게. 이미 백악관과 안보회의에서 현재의 일본보다는 예전의 일본이 더 조국에 도움이 된다고 판단을 했네!"

제퍼슨 국무장관은 전에 안보회의 자리에서 나왔던 내용을 간략하게 설명해 주었다.

당시 더글라스 대통령은 일본이 한국을 점령하는 것 보다 한국이 남아 있는 것이 더 미국에 이득이 되고 또 현재 일본보단 예전 군대가 없던 일본이 더 조국에 도움이 된다고 말했다.

사실 미국 입장에서 일본에 군대가 있건 아니면 이전처럼 자위대가 있건 상관이 없었다.

다만 일본이 군대를 가지면서 벌이는 행동들이 무척이나 우려를 나타내고 있어, 미군 내에서 일본군이 자위대였을 때가 더 다루기 편했다는 평가가 있었기에 그런 말을 했던 것이다.

일본은 자위대를 군으로 승격시키기 위해 많은 노력을 했다.

평화헌법도 자신들의 입맛에 맞게 고쳐 해석을 하고, 그것도 모자라 반대를 하는 의원들은 갖은 모략을 해 의원직을 박탈하고 자신들의 생각대로 국정을 농단했다.

미국에는 로비를 통해 팽창하는 러시아와 중국을 효과적

으로 막기 위해선 자위대를 키워야 한다는 주장을 하며 결국 자위대를 군으로 전향하는데 성공을 했다.

물론 그때 일본의 입장을 대변했던 것이 친일 인사로 유명한 빌 헤링턴 재무장관과 매케인 차관이었다.

그들은 자신들의 인맥을 총동원해 상원과 하원 의원들에게 로비를 했었다.

물론 그들이 로비를 하는 자금은 일본 정부에서 준 자금의 일부였다.

그 일로 두 사람은 물론이고 일본이 군대를 가지게 도움을 준 인사들은 많은 뒷돈을 받았다.

아무튼 백악관에서 이미 앞으로의 행보에 관한 정책이 정해졌다는 것을 알게 된 매케인 차관은 어금니를 깨물었다.

'제길, 그럼 진즉에 알려 줬어야 할 것 아닌가?'

자신이 한 잘못은 생각지 않고 엉뚱한 곳에 화를 내고 있었다.

"오늘처럼 실수하지 말고 내일은 잘하도록 하게!"

"알겠습니다. 그럼 어느 선까지 그들의 요구를 들어줘야 하는 것입니까?"

매케인은 한국이 요구하는 것의 어느 선까지 들어줘야 하는지 마지노선을 물었다.

그런 매케인 차관의 질문에 제퍼슨 국무장관은 한참을 생각하다 대답을 했다.

"일단 한국의 입장을 최대한 들어주되 민간인에 대한 보복은 안 된다는 것을 알려 주게."

"하지만 그들이 저희의 제안을 받아들일까요? 사실 한국이 테러를 당한 곳이 한두 군데가 아니고 또 엄청난 인명피해를 입었는데 말입니다."

매케인 차관의 말에 제퍼슨 국무장관도 그것이 걱정이었다.

그가 아는 한국인들은 절대로 이번 일에 관해 그냥 넘어가지 않을 것이 분명했다.

독종 중의 독종인 한국인들의 성격상 받은 것의 배 이상으로 철저하게 보복을 할 것이라 생각이 들었다.

이런 생각이 들자 제퍼슨은 갑자기 짜증이 났다.

자신의 일도 아닌 것에 신경을 써야 하니 짜증이 난 것이다.

"젠장, 돌연변이 원숭이 새끼들! 방사능을 처먹더니 쳐돌았나! 동맹국에 왜 테러를 하는 거야!"

앞에 매케인 차관이 있거나 말거나 화가 난 제퍼슨 국무장관은 그렇게 일본정부에 욕을 했다.

"어떻게든 최대한 한국의 요구를 들어주고, 민간인에 대한 테러는 막아! 우리가 입은 손해는 나중에 전부 일본에 받아 내면 되니."

제퍼슨 국무장관은 일단 소해가 나더라도 한국의 요구를 들어주고 어떻게든 민간인에 대한 테러만 막으라는 지시를 내렸다.

만약 한국이 민간인에 대한 테러를 한다면 정말로 한국과 일본은 전쟁만이 남는 시나리오가 펼쳐지기 때문이다.

미국의 입장에선 이것만은 절대로 막아야 했다.

가뜩이나 러시아와 중국의 움직임이 심상치 않은 이때 두 나라를 견제할 미국의 동맹은 현재 한국과 일본뿐이다.

물론 유럽연합도 있기는 하지만 러시아는 어떻게 막아 낼 수 있겠지만 아시아에 강대국인 중국은 유럽연합으로서는 힘을 쓸 수 없다.

그렇다고 아시아 국가들이 중국을 감당할 수 있는 것도 아니다.

그러니 두 나라의 팽창을 막는데, 도움을 줄 수 있는 나라로는 한국과 일본뿐이다.

미국의 입장에선 후방 보급 기지 역할을 해야 하는 일본이나, 전진 기지 역할을 해야 하는 한국 두 나라 중 어느 곳도 잃을 수는 없었다.

만약 그렇게 된다면 중국과 러시아의 팽창을 막을 수 없기 때문이다.

시장으로서도 중요하지만, 미국을 위협하는 중국과 러시아를 견제하는 데 한국과 일본은 그만큼 중요한 위치에 있었다.

3.
협상 마무리

꽝!

느닷없이 들리는 굉음에 컨벤션 센터에 있던 사람들의 시선이 한곳으로 몰렸다.

사람들의 시선에 닿은 그곳에 성환과 기괴한 형체의 물건이 있었다.

"뭐야! 무슨 일이야!"

"방금 무슨 일이 일어난 것이야?"

야쿠자들은 갑자기 벌어진 소동에 놀라 허둥지둥하며 자신의 곁에 있는 동료에게 물었다.

그들이 보고 있는 단상 위에는 커다란 대리석 조각이 있었는데, 조각의 윗부분이 부셔서 바닥에 흩어져 있었다.

그 모습을 본 야쿠자들은 대리석 흉상을 정성환이란 한국인 우두머리가 부서트린 것이란 사실을 짐작할 수 있었다.

자리에 있는 야쿠자들은 모두 한 지역을 책임지고 있는 자들로 무술의 고수라든가, 기공술사라고 자처하는 이들을 많이 보았다.

하지만 어느 누구도 방금 전과 같은 기행을 벌인 사람은 아무도 없었다.

검신으로 취급되는 미야모토 무사시도 그리고 무신으로 불리는 극진 가라데의 창시자 최영의도 저 정도의 커다란 대리석 흉상을 파괴하진 못할 것이다.

하지만 눈앞에 있는 자신들을 제압한 괴물과도 같은 인물은 무신과 검신이란 이들을 넘어선 엄청난 모습을 자신들에게 보여 주었다.

방금 전 보여 준 것이 무엇을 뜻하는 것인지 이 자리에 있는 이들이 짐작하지 못할 정도로 아둔하지 않았다.

아니, 일반인들보다 더 머리가 잘 돌아간다고 해야 할 것이다.

마치 장터의 약장사가 차력쇼를 보여 사람들의 시선을 집중시키듯 자리에 있는 야쿠자들의 시선을 모으고 이들이 감당하지 못할 정도의 능력이 있음을 보여 주었다.

감히 반항할 엄두를 내지 못할 힘을 보여 준 것이다.

성환은 솔직히 이렇게까지 해야 하는가, 했지만 어찌 되었든 야쿠자는 야쿠자다.

지금은 억지로 따르겠지만 시간이 흐르고 현재의 공포가 희석될 쯤에 어떻게 변할지 아무도 몰랐다.

야쿠자란 힘의 논리로 정의되는 곳이다.

쾅! 쾅! 쾅!

그런데 야쿠자들이 성환이 거대 흉상을 파괴한 것에 놀라고 있을 때, 또 한쪽에서 비슷한 소란이 벌어졌다.

야쿠자들은 설마 하는 생각을 하며 소음이 들린 곳으로 시선을 돌렸다.

그리고 야쿠자들은 자신들이 설마라고 생각했던 것이 역시나 라는 말로 변하기까지 1초도 걸리지 않았다.

그들이 시선을 돌린 곳에는 아머슈트를 입은 특별경호원들이 일렬로 자리를 잡고 자신의 앞에 있는 흉상에 주먹을 지르고 있는 모습을 보았다.

성환과 다르게 그들은 아머슈트를 입고 있는 모습이었지만 일단 그들도 자신의 몸만큼이나 큰 대리석으로 만들어진 흉상을 파괴한 것이다.

그런 모습을 목격한 야쿠자 두목들은 하나같이 경악을 금치 못했다.

"저들은 부라쿠들 보다 더하군!"

누구의 입에서 나온 소린지는 알 수 없지만 그의 말을 들은 사람들은 고개를 끄덕일 수밖에 없었다.

"괴물이군! 우리를 제압한 것이 결코 요행이 아니었어! 아니 우리를 제압할 때 많이 봐준 것이군!"

또 다른 테이블에서 이와 같은 소리가 들렸지만, 아무도 그 말에 이의를 제기하는 사람이 없었다.

무기를 쓸 필요도 없이 그냥 주먹을 휘두르면 인간 정도는 그냥 어육(魚肉)으로 만들 수도 있을 것이니 당연했다.

한바탕 쇼를 한 성환과 특별경호원 그리고 그들이 펼치는 쇼를 감상한 야쿠자 두목들은 한동안 아무런 행동도 말도 하지 않았다.

그렇게 약간의 침묵이 흐르고 사회를 보던 고준희 과장이 말을 하자 그제야 멈춰진 것과 같았던 시간이 흐르기 시작했다.

"잘 보셨을 것이라 생각합니다. 저희 사장님과 직원들의 능력 일부를 보신 소감이 어떻습니까?"

말을 하고 잠시 멈추는 고준희 과장의 모습에서 그가 전직 직업군인이나 경호원이란 생각보단 레크리에이션 강사나

말 잘하는 TV쇼 진행자를 보는 듯했다.

장내에 있는 야쿠자 두목들을 쥐락펴락 하는 모습이 무척이나 능숙했다.

한편 조금 전 충격적인 모습을 본 지옥카이의 타케다 유지로는 자신이 아무리 노력을 해도 성환의 밑에서 벗어날 수 없을 것 같은 예감이 들었다.

'도대체 저들이 가진 힘은 어디까지란 말인가? 저것이 정말로 인간이 가질 수 있는 능력이란 말인가?'

타케다 유지로는 자신의 눈으로 직접 목격한 것이지만 쉽게 믿을 수가 없었다.

돌 중에서도 무척이나 단단한 것 중 하나인 대리석이다.

물론 어느 정도 수련한 이들은 대리석을 파괴하는 이도 더러 있었다.

또 요령만 알면 대리석 정도는 쉽게 깰 수도 있다.

하지만 그건 모두 편법을 이용한 눈속임이다.

무술의 고수라며 대리석을 쪼개는 묘기를 보이는 사람들이 보이는 그것은 사실 신체의 능력으로 대리석을 쪼개는 것이 아니다.

그저 단단한 바닥에 대리석 판과 충격을 주어 깨는 것이다.

겉으로 보면 사람이 깨는 것 같지만 실질적으로는 단단한 바닥과 대리석이 부딪쳐 그 충격으로 깨지는 것이었다.

하지만 지금 눈앞에 본 것은 그런 눈속임이 아니다.

마치 석고상을 깨뜨리는 것처럼 두께가 30㎝ 정도 되는 대리석 흉상을 부셔 버렸다.

일부 야쿠자 두목들은 컨벤션 센터에 모인 야쿠자 두목들 중에서는 식이 진행되기 전 자리에 모인 전국의 야쿠자 두목들의 면면을 살피다 기회를 봐 상황을 뒤엎을 계획을 했었다.

자신들을 제압한 이들이 한국인이란 것을 알고 있는데, 혼자라면 용기가 나지 않았지만 많은 야쿠자 두목들을 보니 없던 용기가 되살아났었다.

만약 한 명이 일어서면 다른 야쿠자들도 자신의 움직임에 동참을 할 것이라 생각했기 때문이다.

실제로 그런 마음을 먹은 이들이 꽤 되었다.

하지만 결론적으로 방금 전 생각지도 못했던 쇼를 보고 그런 생각을 접었다.

총알이나 칼이 들어가지 않는 갑옷─아머슈트─을 입고, 또 대리석으로 만든 흉상을 단번에 파괴하는 괴력을 가진 괴물들을 상대할 깜냥이 되지 않는다는 것을 깨달았기 때문이다.

고준희 과장은 단상에서 야쿠자들이 앉아 있는 테이블을 내려다보며 그들이 자신의 의도대로 기가 죽은 것을 깨닫고 작게 미소를 지었다.

사실 이번 쇼는 전적으로 고준희 과장이 생각해 낸 것이다.

성환이 앞으로 자신들이 해야 할 일이 일본군의 군사 시설을 파괴하는 일이란 말을 했을 때, 고준희는 어떻게 하면 야쿠자의 일을 빠르게 마무리할 수 있을지 고민을 했다.

자신들의 무력에 굴복하긴 했지만 전국에 있는 야쿠자 두목들이 모이게 된다면 어떤 일이 벌어질지 모르는 일이었다.

각 조직에서 두목을 수행하고 올 경호원만 수백 명은 될 것이다.

물론 그들을 제압하는 것은 문제가 아니지만, 대낮에 수백 명이나 되는 야쿠자를 처리하다 보면 사고가 발생할 것이고, 그렇게 되면 자신들의 행적이 일본 정부에 알려지게 된다.

성환이나 자신들에게 그것만큼 피해야 하는 상황이 없었다.

그렇다고 제압한 야쿠자들을 그냥 풀어 줄 수도 없는 일이다.

확실하게 자신들의 밑에 두지 않는 이상 자신들의 신상이 일본 정부에 흘러 들어갈 것이 분명했기에 최대한 비밀을 지키기 위해선 어떤 수단을 쓰던 야쿠자들을 확실하게 휘어 잡아야 한다.

그래서 생각해 낸 것이 바로 이번 쇼였다.

압도적인 무력을 통한 충격과 공포를 야쿠자들의 뇌리에 심어 주는 것이 계획의 핵심이다.

그리고 지금 완벽하게 자신의 의도가 들어맞았다는 것을 눈으로 확인했다.

"우리 회사가 500명 정도로 그리 크지 않은 곳이지만, 무력만은 그 어느 조직보다 우위에 있다는 것을 알려 드립니다. 혹시나 여러 조직이 뭉치면 우리의 체계에서 벗어날 수 있다는 망상을 했다면 어디 마음대로 해 보십시오. 더 이상 기회는 없습니다."

고준희는 끝으로 혹시 모를 반란을 기획하고 있는 이들에게 마지막으로 경고를 했다.

이들에게 더 이상의 기회는 없다고 말이다.

이미 야쿠자 조직을 습격할 당시, 인간으로서 자격이 없는 난폭한 조직은 이미 솎아 냈다.

이 자리에 있는 조직은 그나마 적정선 안에서 조직을 운용한 조직들이었기에 살아서 자리에 앉아 있는 것이다.

그러한 것을 사전에 이들에게 공지했으니 이 자리에서 나중에 반란을 힐책하려는 조직이 나온다면 이전 야쿠자 조직을 정리했던 것처럼 정리하겠다고 선언을 하였다.

그런 고준희 과장의 말에 자리에 있는 야쿠자 두목들의 표정이 창백해졌다.

조금 전 이들의 무력을 본 뒤이기에 감히 반항할 생각을 접었다.

그리고 고준희 과장의 협박이 결코 그냥 하는 말이 아님을 알 수 있었다.

◈　　◈　　◈

"이게 사실인가?"

일본 총리관저의 한 회의실에서 고성이 울려 퍼졌다.

고성을 지르는 사람의 정체는 바로 총리관저의 주인인 이토 준이치 총리였다.

한국에서 넘어온 정보 때문에 비상회의를 하고 있는데, 방금 전 미국에서 또 다른 전문이 날아온 때문이다.

전문의 겉에는 일급비밀이라는 표시로 시크릿이란 직인이 찍혀 있었다.

그 내용은 일본으로서 결코 바람직한 내용이 아니었다.

미국과 한국이 비밀 협상을 하였음. 협상의 주요 안건은 한국에서 벌어진 테러에 대한 보복테러인 것으로 알려짐. 미국은 최대한 한국이 원하는 규모의 보복을 막는 대가로 공군 전력의 핵심인 F—15K의 성능 향상을 위한 소프트웨어를 지원하기로 결정 의회의 승인만 남겨 둔 상태이나 아무래도 승인이 날 것 같음. 미사일 탄두 중량 제한 협정 파기. 한국 해군의 이지스함 소프트웨어 업그레이드…….

비밀 전문의 내용은 참으로 많았지만 핵심을 보면 일본에 보복테러를 하는 것을 승인했다는 것이다.

그리고 보복테러에 대한 범위가 나오는데 자세한 내용은 없지만 아마도 미국이 한국이 원하는 정도의 테러를 막았다는 내용이었다.

대신 반대급부로 한국의 군사력 향상을 위해 업그레이드를 해 준다는 내용이었다.

사실 이토 총리도 이 부분에선 어느 정도 안심을 하긴 했지만, 그래도 한국이 벌이려는 보복테러를 막지 못한 것에 대해 화가 났다.

그동안 미국에 들인 돈이 얼마인가?

그들이 요구하면 각종 물품을 사 주었기 않던가?

말로는 무역 불균형을 해결한다는 명분을 내세우긴 했지만, 그러기에는 일본이 미국에 지불한 돈은 천문학적인 금액을 지불했다.

그런데 한국의 요구를 수용했다는 말에 이토 총리는 역시나 자신의 생각대로 자주국방을 해야 한다고 생각했다.

아무리 미국이 초강대국이라고 하지만 자국의 평화를 위해선 힘이 있어야 했다.

미국은 언제 자신들의 이익을 위해서 일본을 버릴지 알수 없는 일이었는데, 전문을 내용을 보면 일본은 미국에 버려진 것이나 마찬가지였다.

말로는 중국의 팽창을 막기 위해서는 아시아에서 일본과 미국이 공조를 이루어야 한다고 했었다.

그래서 많은 비용을 들여 공조체제를 구축했다.

하지만 지금 한국과의 문제에서 미국은 자신들이 아닌 한국의 손을 들어 주었다는 생각에 더 이상 미국에 의존하지 않기로 결심을 했다.

하지만 이건 이토 총리의 참으로 어처구니없는 생각이었다.

동맹국에 테러를 감행한 자신의 행동이 얼마나 지탄받아야 할 짓인지 아직도 생각지 않았다.

자신은 그저 죽어 가는 일본을 살리기 위해 과감하게 결정을 내렸다 생각하고 있었다.

"미국이 한국의 보복테러를 승인했다고 한다. 어떻게 대처를 하는 것이 좋겠나?"

이토 총리는 전문을 읽고 바로 내각 관료들에게 물었다.

자리에 있는 관료들은 이토 총리의 말을 듣고 심각하게 고민을 하기 시작했다.

명분을 잡아 정국을 자신들 손에 넣는 것은 좋았는데, 지금에 와선 그것이 악수가 되었다.

비록 한국에서 주장하는 테러의 주범이 자신들이지만, 그동안 자신들은 전적으로 부인을 했다.

물론 그것이 눈 가리고 아웅 하는 것이지만 일본이 할 수 있는 일은 그것뿐이었다.

닌자대가 잡히지 않았다면 확실했겠지만, 이미 그들이 한국 정부에 붙잡혔기에 자신들은 철저하게 그들과 연관이 없다 오리발을 내밀 수밖에 없었다.

총리가 내려놓은 전문을 읽은 각료들은 심각한 표정이 되었다.

전문의 내용을 보니 한국에서 일본에 보복을 하려고 한다는 사실을 알 수 있었다.

후쿠시마 사태 이후 일본은 전국이 과밀집 상태였다.

즉, 한국에서와 같은 테러가 일본에서 발생한다면 인명피해는 한국과 비교가 되지 않을 정도로 엄청난 인명피해가 발생할 것이다.

이미 국토의 절반에 가까운 땅이 방사능으로 오염이 되었다.

원래라며 정부는 그런 오염된 땅을 정화하고 또 피해를 본 피폭자들을 구제하는데 모든 역량을 총동원 했어야 한다.

하지만 이토 내각은 그런 구제 노력을 하는 대신 총력을 기울여 안전한 땅을 확보하기 위해 전쟁을 준비했다.

그렇지만 그 계획은 처음부터 삐걱거리기 시작했다.

특수부대인 닌자대의 전력을 높이는 기회로 작용했을 미국의 아머슈트 설계도 탈취 계획은 중간에 미국에 들켜 실패로 돌아갔다.

그리고 차선책으로 한국에 테러를 하여 혼란을 가중하고 기습적으로 분쟁 지역인 독도—다케시마—를 점령하고 이를 빌미로 전쟁을 한다는 시나리오를 수립했지만 그것도 어떻게 된 일인지 초반부터 테러 모의가 알려지면서 큰 효과를 보지 못했다.

아니, 히든카드인 닌자대가 모두 붙잡히고 말았다.

천하무적까지는 아니지만, 그 어디에도 견줄 만한 부대가 손을 꼽을 정도로 특수하다 생각했던 닌자대가 한 수 아래라 생각했던 한국에 붙잡혔다.

그것도 일개 경호회사의 경호원들에게 말이다.

어디서부터 잘못된 것인지 알 수 없지만, 처음 계획과는 다르게 일본에게 무척이나 안 좋게 상황이 흘러가고 있었다.

더욱이 한국이 보복테러를 감행하려고 한다는 정보가 미국에서부터 날아왔다.

그 말은 앞으로 언제가 될지 모르지만, 자국에 테러가 발생할 수 있다는 말이었다.

그나마 다행인 것이 미국이 일본에서 발생하는 테러의 규모를 제한했다는 소식이었다.

그동안 자신들이 미국에 공을 들인 보람이 있는 부분이었다.

물론 다른 장관들과 다르게 이토 총리는 미국이 한국의 의도를 막지 못한 것에 대하여 배신했다고 생각하고 있지만 말이다.

"일단 전문의 내용대로라면 조만간 한국이 테러를 감행한다고 하니 경계를 강화해야 합니다."

"그걸 누가 모르나! 어떻게 해야 할지 말을 해 보란 말이야!"

너무도 당연한 말을 하는 요시히데 장관의 말에 역성을 냈다.

그런 총리의 모습에 움찔한 요시히데는 얼른 말을 이었다.

"한국이 그랬던 것처럼 방송으로 테러주의보를 발령하고 경찰과 군에는 전국 비상 경계령을 내리고 검문, 검색을 강화하는 것입니다."

요시히데 장관의 말을 들은 이토 총리는 고개를 끄덕였다.

현재로써는 그 수밖에 달리 없었다.

한국이 언제 어느 때 테러를 할 것인지 공지하지는 않을 것이니 전국에 걸쳐 경계를 강화할 필요가 있었다.

뿐만 아니라 만약 검문에 불응하는 자가 있다면 강경대응을 해야 할 것이다.

"경계만 강화할 것이 아니라 이참에 불온한 움직임을 보이는 세력은 무두 잡아들이고 만약 검문에 불응할 시에는 발포를 하는 것으로 하시오."

이토 총리는 단순하게 테러에 대한 경계뿐 아니라 이번 기회에 자신을 반대하는 모든 세력을 일소할 기회로 삼았다.

다른 때라면 국민의 시선 때문에 반대파를 숙청할 수가

없었을 것이지만 테러 위협이 있는 지금은 충분히 가능했다.

비상시국에는 모든 권력이 총리인 자신에게 집중이 되기 때문이다.

언론을 비롯한 모든 것을 사전 검열을 할 권한까지 있었다.

그러니 이참에 전에 처리하지 못한 세력까지 일소할 계획이다.

◈　　◈　　◈

한미 2차 협상이 벌어지고 있는 호텔의 회의장.

매케인 차관은 어제 있었던 실수를 만회하기 위해 정신을 차리고 협상에 임했다.

괜히 말 한마디 잘못 하다 다시 주도권을 빼앗기게 된다면 지금의 자리에 남아 있을 수 없을지도 몰랐다.

그나마 다행이라면 어제했던 실수는 제퍼슨 국무장관이 무마해 주겠다는 답변을 들었지만, 더 이상의 실수는 아무리 제퍼슨 국무장관이라 하지만 막아 줄 수는 없을 것이기 때문이다.

미국은 자신의 실수로 1차 협상에서 많은 손해를 봐야만 했다.

다행이라면 제퍼슨 국무장관이 미국이 입은 손해는 일본에서 찾으면 된다는 말을 했기에 그나마 다행이다.

아무리 자신이 친일본적인 성향을 가지고 있다고 하지만 우선적으로 조국과 자신의 이익이 우선이었다.

"그래, 한국이 우리 미국에 원하는 것은 뭡니까?"

매케인 차관의 물음에 박성환 총리는 준비된 답변을 하였다.

박성환 총리는 어제 있었던 1차 협상에 관한 내용을 대통령에게 보고를 했다.

그러면서 미국 측 협상 대표의 실수로 주도권을 잡은 이때 처음 계획한 것 보다 많은 이득을 취할 수 있다는 자신감을 내보였다.

그 때문에 대통령도 박성환 총리에게 이번 협상의 전권을 일임했다.

전권을 위임받은 박성환 총리는 어제보다도 더 적극적으로 협상에 임하고 있다.

"일단 일본이 한국에서 벌인 테러 때문에 현재 한국은 데프콘 3 상황입니다. 많은 병력과 인력이 테러복구에 동원되고 있어 안보에 큰 구멍이 뚫린 상태입니다. 그러니 그것을 보완하기 위해 북한의 장사정포와 탄도미사일 방어를 위한 사드 2 미사일 포대를 4개 더 배치해 주시기 바랍니다. 뿐만 아니라 AN/TPY—3레이더도 설치해 주십시오."

박성환 총리는 비용이 너무도 많이 들어 배치하지 못했던 사드 미사일 포대를 이번 기회에 확충하려는 계획을 세웠다.

페트리어트 미사일이 산탄형 탄두로 목표 미사일 근처에서 폭발을 해 탄두를 맞추는 방식이었는데 이 방식의 단점은 목표에 명중을 했더라도 탄두의 파편이 커 피해를 입을 수 있었다.

실제로 제2차 걸프전 때 이라크군이 이스라엘에 발사한 스커드 미사일을 요격하는 과정에서 이런 단점이 나타나 미군은 그 후 많은 계량을 해 힛투킬(hit—to—kill)방식의 사드 미사일을 개발했다.

힛투킬이란 요격미사일이 직적 목표에 명중을 함으로써 완벽하게 탄도미사일을 막아 내는 것이다.

그 때문에 배치 비용도 기존 요격미사일인 페트리어트 미사일과는 비용 면에서 엄청난 차이가 있었다.

한국군도 북한의 미사일공격에 대비를 하기 위해 꼭 필요하였지만 비용이 만만치 않아 배치를 망설였다.

1개 포대에 들어가는 미사일 가격만 해도 8조 원이 되었기에 한국군으로써는 그림의 떡과 같은 존재였다.

그런데 지금 초기형도 아니고 최신형 사드 2 미사일 포대를 배치해 달라는 박성환 총리의 요구에 매케인 차관은 잠시 할 말을 잃었다.

한국에는 현재 사드 미사일 포대가 2개 포대가 배치되어 있다.

그런데 기존의 포대 말고 최신형으로 4개를 더 배치해 달라는 요구에 잠시 망설이던 매케인 차관은 고개를 끄덕였다.

"알겠습니다."

매케인 차관이 자신의 요구에 승낙을 하자 박성환 총리의 눈이 반짝였다.

'너무 순순히 응하는데, 조금 더 요구할 것을 그랬나?'

확실히 한국군이 요구한 것은 사실 4개 포대가 아닌 2개 포대였다.

2개만 되어도 북한의 미사일 도발에서 자유로울 수 있었다.

솔직히 북한의 많은 수의 장사정포는 별 문제가 되지 않는다.

다만 노동 미사일이나 대포동 미사일과 같은 핵폭탄이나 생화학탄을 사용할 수 있는 탄도미사일이 한국에게 위협이 되는 존재였다.

그런데 기존 2개 포대 외에 추가로 2개 포대가 더 휴전선 인근에 배치가 된다면 그런 북한의 탄도미사일 도발은 걱정할 것이 없었다.

그래서 규모 축소를 예상하고 4개 포대를 그것도 최신형 미사일 포대 4개를 요구했는데, 두말 않고 승낙을 하자 박성환 총리는 어쩌면 미국도 뭔가 노리는 것이 있다는 것을 눈치 챘다.

'미국이 순순히 우리의 요구를 들어주는 것을 보니 뭔가 노리는 것이 있나 보군. 그렇다면 조금 더 요구를 한다고 해서 우리의 요구를 거절하진 않겠어!'

뭔가 필이 팍! 하고 오자 박성환 총리는 바로 베팅을 했다.

"그리고 어제 요구한 것에 더해 전투기의 소프트웨어를 업그레이드 해 주시기 바랍니다."

느닷없는 전투기 이야기가 나오자 매케인 차관은 눈이 커졌다.

그런 매케인 차관의 모습에 박성환 총리는 웃는 얼굴로 그 이유에 관해 설명을 했다.

"일단 일본의 전력이 약화될 것인데 그들이 맡고 있던 전력 공백을 우리 한국의 공군이 채워야 하지 않겠습니까? 그러려면 장비를 업그레이드해서 성능을 향상시켜야 하는데, 그러려면 미국의 도움이 절실합니다."

박성환 총리의 말이 맞는 말이었기에 매케인 차관도 고개를 끄덕일 수밖에 없었다.

"음…… 알겠습니다."

억지로 대답을 하는 매케인 차관의 모습에 박성환 총리는 속으로 미소를 지었다.

한국에 알려지기로도 매케인 차관은 친일본 성향의 관료였다.

그런 그가 자신의 요구에 아무런 이의를 비추지 못하고 승낙하는 모습이 여간 통쾌한 것이 아니었다.

사사건건 발목을 잡던 그가 오히려 한국의 군사력 향상에 도움을 줘야 한다는 사실에 묶였던 채증이 싹 내려가는 느낌이 들었다.

"이렇게 저희의 요구를 들어줘 무척이나 감사합니다."

"하하, 당연히 동맹인 한국의 상황을 고려해야지요."

"그렇게 말씀해 주시니 정말로 감사합니다. 그런데 한 가지 물어보고 싶은 것이 있습니다."

"그게 무엇입니까?"

박성환 총리는 미국에 받아 낼 수 있는 최대한의 것을 받아 낸 직후이기에 더 이상 다른 것을 요구하지 않았다.

더 이상 뭔가를 미국에 요구를 했다가는 미국이 한국의 요구를 모두 거절할 수도 있기 때문이다.

과유불급이라고 괜히 욕심을 부렸다가 그나마 가지고 있는 것까지 잃을 수 있기에 그것만은 피하고 싶었다.

아닌 것이 아니라 실제로 한국이 테러를 당한 뒤 북한의 움직임이 심상치 않았기 때문이다.

한국은 매케인 차관에게 말을 했던 것처럼 전국적으로 테러가 발생하자 북한의 도발을 막기 위해 전군에 데프콘 3를 발령했다.

다만 국내에 발생한 테러를 해결하기 위해 특수부대를 동원한 것이 아니라 KSS경호에 의뢰를 하였다.

군 병력은 아니지만 그보다 더 확실한 전력에 의뢰를 하였기에 테러범들을 신속하게 잡아들일 수 있었으며, 테러 확산을 막고 또 2차 혼란을 막을 수 있었다.

만약 그렇지 않고 군 병력을 빼서 테러범들을 잡으려 했더라면 일본 닌자대의 테러는 물론이고 북한의 도발도 막아내지 못하고 큰 혼란에 빠졌을 것이었다.

하지만 일본의 의도와 다르게 한국에는 닌자대의 테러에 대응할 여력이 충분했다.

설마 민간 기업에서 특수부대인 닌자대를 막아 낼 전력이 있을 줄은 아무도 예상하지 못했을 것이다.

아무튼 박성환 총리는 군에서 인가되지 않은 특수부대가 양성되고 있다는 것에 반발해 해체하는 것에 찬성을 했었지만, 지금에 와선 그것이 얼마나 잘못된 판단이었는지 깨닫게 되었다.

테러가 진압되고 나서 나중에 들은 이야기로 테러범들을 잡은 사람들이 당시 자신과 몇몇 의원들이 반대를 하여 해체된 특수부대원들이었다는 것을 알았을 때는 정말이지 그들을 볼 낯이 없었다.

만약 그들이 없었더라면 어떻게 되었을지 생각을 해 봤을 때 박성환 총리로서는 생각하기도 끔찍했다.

총리라는 직책을 맡고 있다 보니 테러 진압에 대한 보고가 올라왔다.

그리고 그것을 읽어 본 박성환 총리는 테러범들이 어떤 자들인지 어떤 능력을 가지고 있는지 깨닫고는 눈을 의심했다.

현대에 닌자라니, 누가 감히 상상이나 했겠는가?

영화에도 소개가 되듯 닌자의 능력은 첩보와 적진에 대한 테러를 통한 혼란이었다.

물론 그런 일은 현대 특수부대들도 그런 일을 한다.

하지만 그런 일을 전문적으로 훈련을 하는 닌자와는 차이가 있다.

그런 닌자들을 잡아낸 특별경호원이란 존재가 한국에 있다는 것에 뒤 늦게 안심이 되었다.

그리고 그들은 지금 일본의 닌자들이 그랬던 것처럼 보복을 위해 일본에 침투해 있다고 들었다.

인원이 얼마인지 알려지진 않았지만 일본의 닌자들을 잡아낸 이들이라면 그들 이상으로 통쾌하게 복수를 해 줄 것이라 믿어 의심치 않았다.

박성환 총리는 매케인 차관과 협상을 끝내고 일본에 침투한 특별경호원들이 실행할 복수를 생각하니 가슴이 두근거렸다.

'내 할 일은 여기까지다. 이젠 그들이 복수를 끝내고 돌아올 날을 기다리면 된다.'

한국을 떠나 올 때 했던 맹세를 지킬 지켜 개선장군처럼 한국으로 돌아갈 수 있게 되자 박성환 총리는 기분이 좋아졌다.

그리고 얼마 뒤 들려올 통쾌한 소식에 더욱 가슴이 뛰었다.

한편 박성환 총리와 협상을 끝낸 매케인 차관은 속으로 무척이나 찜찜한 기분이었다.

이미 제퍼슨 국무장관으로부터 이야기를 들었다.

하지만 이대로 당하고만 있는 것이 자존심이 상했다.

그래서 협상도 끝났으니 한국의 총리에게 보복의 범위가 어디까지인지 들어야 했다.

"우리 미국은 한국이 원하는 것을 들어주었으니 그럼 한국은 우리의 조건을 수용한 것이라 믿겠습니다."

"내 미국의 조건을 수락합니다."

"그럼 일본에 대한 보복은 어느 선까지 결정했습니까? 민간인에 대한 보복은 안 됩니다. 절대로."

"음······."

박성환 총리는 매케인 차관의 질문에 짐짓 뜸을 들이다 대답을 했다.

"저희도 불쌍한 일본인들에게 피해를 입힐 수는 없지요. 보복의 범위를 일본군과 군부대에 한한 것으로 한정 짓겠습니다."

박성환 총리의 대답을 들은 매케인 차관은 백악관에서 정한 범위 안이란 것을 듣고 표정이 밝아졌다.

사실 백악관에서는 한국의 거친 반응에 한국과 전쟁을 준비하던 일본군은 물론이고, 야스쿠니신사와 같은 상징적인 시설에 대한 것까지 눈감아 주기로 했었다.

그런데 한국이 그보다 작은 군부대에 관해서만 보복을 하겠다는 말에 안심을 하게 된 것이다.

매케인 차관은 어제의 실수로 신용이 많이 실추되었지만

오늘 협상 결과는 무척이나 성공적인 것이라 표정이 무척이나 밝았다.

어제 한 실수를 모두 만회하고도 남았다.

모든 일은 결과로 말을 하는 것이니까.

어제 실수를 해 손해를 보긴 했지만 결과가 좋으면 모든 것이 좋은 것이다.

그리고 한국이 원한 것들은 사실 미국도 원하는 것이기도 하다.

한국이 원한 사드 미사일 포대만 해도 그렇다.

한국에 미사일포대가 많이 배치가 되면 북한이나 중국의 핵탄도 미사일 위협에서 벗어날 수 있었다.

사드 미사일과 함께 배치되는 AN/TPY—3레이더는 반경2,000㎞ 내의 비행체를 감시할 수 있다.

그 말은 한국의 휴전선에 레이더 기지를 설치하면 중국의 위협적인 제 2포병기지를 감시할 수 있다는 말이었다.

그러니 미국으로써는 한국의 요구하기 전에 먼저 요구하고 싶었다.

그런데 울고 싶은데 뺨 때린다고, 한국이 먼저 그런 요구를 하자 적극적으로 수용을 한 것이다.

중국이나 북한의 위협을 미리 차단할 수 있으니 미국의 입장에선 본토가 더욱 안전해지는 좋은 일이었다.

그리고 다른 요구들도 만찬가지로 동북아시아의 전력 구상을 다시 하는 미국의 입장으로는, 일본의 전력을 군대가 없던 시절로 회귀시키려 했기에 중국이나 러시아의 팽창을 막기 위해선 한국군의 전력 향상이 무척이나 중요했다.

그런데 자신들의 예상 범위 안에서 움직이는 한국의 요구에 미국은 두 손 들어 환영할 만한 일이었다.

물론 일본의 특수부대를 피해 없이 진압한 특수부대가 조금 신경이 쓰이긴 하지만 그건 나중에 다시 협상을 하면 되는 문제였다.

이미 그들의 정체에 관해 알고 있으니 나중에 한국과 다시 협상하면 되는 것이다.

뭐 일본에 대한 보복을 하는 과정에서 어떤 성과를 보일지도 지켜보면서 대처방향을 잡으며 충분할 것이라 생각하였다.

한편 이런 저런 생각을 하던 매케인 차관은 그래도 국무부 차관이란 고위직에 있는 자신이 한국이란 동북아시아에 있는 작은 나라의 총리에게 너무 휘둘렸다는 생각이 들었다.

그런 생각이 들자 어떻게든 갚아 주고 싶은 생각도 들었다.

'어제 내가 너무 이자에게 휘둘렸어! 어떻게든 갚아 줘야

할 것 같은데 말이지?'

매케인 차관은 속으로 어떻게 복수를 해 줄지 고민을 하다 문득 떠오르는 것이 있었다.

'맞아! 한국이 일본에 보복을 준비한다고 했지. 그 정보를 일본에 알려 준다면······.'

매케인 차관은 한국이 일본에 보복을 할 것이란 정보를 흘리기로 결정했다.

어차피 미국이 그런 정보를 일본에 알려 주지 않는다는 약속을 한 것은 아니지 않는가?

물론 약속은 하지 않았다고 하지만 알려진다면 분명 문제가 될 소지가 있었다.

하지만 그런 것은 자신의 자리가 해결해 줄 것이다.

미국 국무부 차관이란 직책은 한국과 같은 약소국이 어떻게 할 수 있는 자리가 아니기 때문이다.

물론 그건 매케인 차관의 개인적인 생각이었다.

만약 정말로 매케인 차관이 일본에 한국이 하려는 일을 알려 준다면 나중에 한국이 알게 된다면 외교적으로 심각한 문제가 될 소지가 있었다.

하지만 지금 매케인 차관은 그런 생각을 전혀 하지 않고 있었다.

예전 한국의 정치인들이 어떻게 행동을 하는지 너무도 잘 알기 때문이었다.

그렇지만 지금 매케인 차관은 예전의 한국과 현재의 한국의 위상을 생각지 않고 그런 판단을 하는 실수를 범했다.

나중에 이 일이 어떻게 작용할지는 예측하지 못했다.

4.
무기고를 털어라!

오사카 남부 오사카만이 보이는 한적한 호텔 스카이라운지, 그곳에 두 명이 남자가 앉아 석양을 보며 이야기를 하고 있었다.

이야기를 하는 남자들의 정체는 바로 KSS경호의 사장인 성환과 국정원 일본지부장인 최익현이었다.

"정말 놀랍습니다."

최익현은 눈앞에 있는 남자를 보며 감탄에 마지않았다.

설마 장담한 대로 일본의 야쿠자 조직을 휘어잡을지는 상상도 못했다.

한때 세계 3대 폭력조직에 들어가는 야쿠자를 일개 경호회사가 모두 무릎을 꿇린 것이다.

비록 시간이 흐르고 러시아 마피아나 중남미 마약 카르텔이 커지면서 그런 명성이 사라지긴 했지만, 그래도 야쿠자하면 그래도 어느 정도 알아주는데, 그런 조직을 다른 곳도아니고 그들의 안방인 일본에서 그것도 한두 조직도 아닌모든 야쿠자를 굴복시켰다는 것은 그 시사하는 바가 달랐다.

옛말에 똥개도 제집에서는 반은 먹고 들어간다 했다.

모든 면에서 일본은 야쿠자에게 전적으로 유리한 곳이다.

하지만 그런 것을 무시하고 눈앞에 앉은 남자는 야쿠자조직을 무릎 꿇리고 굴복시켰다.

처음 만나는 자리에서 그런 소리를 들었을 때만 해도 최익현은 성환을 미쳤다고 생각했다.

망상도 정도란 것이 있었다.

하지만 성환이 하는 소리는 망상의 범위를 지나 헛소리처럼 들렸다.

그런데 헛소리로 들었던 말이 현실이 되어 버렸다.

본국에서 중요인물이라 체크를 했기에 계속해서 따라다니며 그와 그의 부하들을 지켜보았는데, 볼수록 그들의 능력에 최익현은 기겁을 하고 말았다.

무슨 사람들이 영화 속 CG처럼 움직였던 것이다.

더욱이 그런 장비가 있다고만 들었던 아머슈트란 것을 착용하고 야쿠자 조직을 습격할 때면 최익현은 경악을 넘어 부러운 마음이 들었다.

직업이 직업이다 보니 최익현과 같은 직종에 종사하는 이들은 언제나 생명의 위협을 느끼며 일을 한다.

더욱이 적국은 아니라고 하지만 한국과 일본의 관계가 결코 편한 관계만은 아니다.

편한 관계가 아니라 요즘 들어서는 더욱 첨예한 대립각을 세우고 있다는 것이 맞는 표현일 것이다.

아닌 것이 아니라 일부 일본인들은 공공연하게 한국인이나 제일한국인에 대하여 테러를 자행하기도 했다.

하지만 일본의 경찰은 그런 테러를 보거나 신고를 해도 그저 형식적인 답변을 할 뿐이다.

그러니 자신의 안전은 자신이 지켜야 하는 무법천지가 되어 가고 있었다.

물론 그건 한국인과 제일한국인들에 국한된 일이다.

오히려 센카쿠 열도를 두고 대립을 하는 중국인에 관해선 어이없게도 극우주의자들도 별로 신경을 쓰지 않고 있었다.

그 말은 중국은 힘이 있는 나라고 한국은 만만한 나라라 생각하기에 벌어지는 일이었다.

"본국에서는 명령이 떨어졌나요?"

성환은 최익현이 자신을 보며 감탄을 하거나 말거나 자신의 궁금증을 물었다.

자신이 일본으로 넘어오기 전 최세창과 이야기를 할 때, 이맘때쯤이면 한국정부도 미국과 협상을 마무리해 테러에 대한 보복을 나섰을 때 잡음이 없게 마무리하기로 했었다.

그러니 그 결과를 알아야 성환도 특별경호원과 함께 일을 착수할 수가 있었다.

만약 그런 협의가 없는 상태에서 자신이 독자적으로 보복을 했다가는 나중에 토사구팽(兔死狗烹)당할 우려가 있었다.

비록 현 정부가 예전과 다르게 일본과의 외교노선에서 강경 대응을 하고 있다고는 하지만 보복테러가 있은 뒤 어떻게 입장을 바꿀지 모르는 일이다.

성환은 절대로 정치인을 믿지 않았다.

예전 군에 있을 당시 그런 경험이 있다 보니 굳이 위험을 무릅쓰고 일을 할 필요를 느끼지 못했다.

물론 일본이 한국에 벌인 테러에 화가 나고 또 보복을 하고 싶은 마음이야 굴뚝같지만, 자신 혼자라면 얼마든지 할 수 있었다.

하지만 이번 일은 자신 혼자만의 안전이 관계된 일이 아니라 KSS경호의 간부들인 특별경호원들의 안전이 달린 문제이기에 일은 확실하게 처리하려는 것이다.

"예, 오늘 아침 지급으로 명령이 내려왔습니다. 미국과 협상은 잘 마무리되었다고 합니다."

성환의 질문에 최익현은 오늘 아침 출근해 받은 비밀지령에 나와 있던 내용을 성환에게 들려주었다.

최익현의 말을 들은 성환은 잠시 멈칫하다 다시 질문을 했다.

"그럼 규모는 처음 계획대로인 것이오?"

"예, 그렇습니다. 다만 대통령님의 추가 주문으로 조금 더 철저히 파괴를 해 주십사하는 추가 전문이 있었습니다."

최익현은 성환의 질문에 답변을 하며 전문 말미에 붙어 있던 추가 내용을 들려주었다.

그런 최익현의 대답을 들은 성환은 고개를 끄덕였다.

"그런데 구해 달라고 한 물건은 모두 구입하셨습니까?"

일본에 대한 보복테러를 감행하기 위해선 많은 수량의 폭약이 필요했다.

하지만 성환이나 특별경호원들이 필요한 폭약을 구하기란 힘들었다.

아니, 불가능하다는 말이 맞을 것이다.

아무리 뛰어난 군사적 지식이 있고 능력이 있다고 하지만 그건 폭약을 구하는 데 아무런 도움이 되지 않는다.

아니, 만약 이곳이 일본이 아닌 중국이었다면 성환도 필요한 폭약을 준비하는 데 아무런 지장이 없을 것이다.

하지만 일본은 성환에게 아무런 연고가 없는 곳이라 그런 위험한 물건을 구입할 루트가 없었다.

그랬기에 필요한 폭약은 일본에 침투해 있는 국정원 지부에서 책임지기로 했었다.

그래서 지금 최익현 지부장에게 성환이 필요한 폭약의 수급이 완료되었는지 물어본 것이다.

하지만 최익현에게서 들려온 말은 긍정적이지 못했다.

"노력은 해 보았지만 충분한 양을 준비하지 못했습니다."

"아니, 그게 정말이오? 대통령께서도 특별히 지시를 하셨는데 그렇게 되면 충분한 성과를 내기 힘듭니다."

하지만 성환이 애초 주문한 물량은 사실 최익현이 모두 구한다는 것은 불가능한 일이었다.

C4 1톤에 해당하는 물량을 주문했으니 그게 가당키나 하단 말인가?

최익현도 성환이 하려는 일에 최대한 도움을 주기 위해 준비를 했지만 어쩔 수 없었다.

"그게 아무리 제가 일본 내 최고 지위를 가진 사람이라고 하지만 C4로 1톤이나 되는 분량의 폭약을 구한다는 것은 사실상 불가능한 일입니다."

확실히 성환도 주문을 하긴 했지만 그게 불가능한 일이란 것을 알고 있었다.

하지만 겨우 200kg정도로 일본에 확실한 피해를 준다는 것도 불가능한 일이다.

"그렇다고 폭약 200kg 가지고는 일본에 별다른 피해를 줄 수 없습니다."

성환도 최익현이 고생한 것은 알겠지만 필요한 물량에 턱도 없이 부족한 것에 짜증이 났다.

"시간을 조금만 더 주십시오. 어떻게든 수량을 조금 더 맞춰 보겠습니다."

최익현은 성환의 말에 고개를 숙일 수밖에 없었다.

상부에서는 최대한 협조를 하라고 했는데, 자신의 능력이 안 돼 절반에도 못 미치는 수량을 보급했다는 생각에 쥐구멍이라도 찾아 들어가고 싶은 심정이었다.

하지만 성환은 더 시간을 늦출 수는 없었다.

"아닙니다. 나머진 제가 알아서 처리하겠습니다."

성환은 이런 일은 시간을 끌어 좋을 것이 없다는 생각에 일단 준비된 수량만 수령하고 나머진 현장에서 취득하여 사용하기로 했다.

어차피 목표가 일본군의 보급창고가 목표이니 그곳에는 폭약이 잔득 쌓여 있을 것이니, 그중에서 필요한 것을 찾아

상요하면 될 일이었다.

일본이 한국과 전쟁을 준비하기 위해 많은 전쟁 물자를 쌓아 놨다고 했으니 분명 그중에는 폭약과 기폭장치가 있을 것이다.

그것도 아니라면 미사일이나 로켓탄을 폭약 대신 사용하면 될 일이었다.

자신이나 특별경호원들은 군에 있을 당시 폭파에 관한 교육도 모두 받았기에 가능한 일이다.

사실 전 S1프로젝트를 이수한 특별경호원들은 국군 정보사령부에서 교육을 받을 당시 전 세계에 군대에서 사용하는 폭발물에 대한 운용 방법을 교육받았다.

S1프로젝트 내에 그런 교육 프로그램이 포함되었기 때문이다.

S1프로젝트는 대테러 작전은 물론이고 반대로 적대 세력에 대한 테러도 포함되어 있었다.

테러 대상에는 예외란 없었다.

동맹인 미국도 대상에 포함이 되어 있었으니 말 다한 것이다.

그렇기에 미국이 운용하는 모든 군사 장비는 물론이고 러시아, 중국에서 생산되는 모든 장비의 교육을 받았다.

물론 인원이 적다 보니 주특기와 보조로 배운 것에 대한 차이는 있지만, 모든 대원들이 폭파에 관한 능력은 여느 특수부대 폭파 주특기병을 능가한다.

이런 생각에 성환은 미안해하는 최익현을 뒤로하고 자리를 떠났다.

◆　　　◆　　　◆

최익현과 헤어진 성환은 돌아오자마자 바로 간부회의를 실시했다.

물론 특별경호원들 모두가 과장 이상의 간부이니 전체회의이긴 하지만 말이다.

"계획이 변경되었다. 모두 집합해라!"

성환은 호텔로 돌아오며 그렇게 외쳤다.

그런 성환의 소리에 각자 휴식을 취하던 특별경호원들은 고개를 갸웃거리며 모였다.

어차피 계획이란 것이 현장 여건에 따라 수시로 변한다고는 하지만 작전에 들어가기 직전에 변경되는 경우는 거의 드문 경우였다.

그런데 지금 이제 일본에서 남은 최후의 작전에 들어가기 전 변경되었다는 말에 의아한 생각에 긴장을 하고 성환의 주위로 모인 것이다.

"무슨 일입니까?"

고재환 전무는 잔득 굳은 표정으로 물었다.

그런 고재환의 물음에 성환도 잔득 굳어진 표정으로 대답을 했다.

"잠시 모두 모일 때까지 기다려."

사실 특별경호원은 산전수전 모두 경험한 베테랑들이다.

그런 이들 중에서도 최고의 능력을 가지고 또 첨단 장비까지 가지고 있으면서도 긴장을 하는 것은 이번 일이 그만큼 중요하기 때문이다.

아무리 테러를 당한 것에 대한 보복을 하려는 일이지만 만약 이번 일이 외부에 알려진다면 비난을 면할 수 없었다.

또 그뿐만이 아니라 일본에게 전쟁을 빌미를 줄 수도 있는 위험천만한 일이었다.

그것이 일본이 먼저 대한민국을 상대로 테러를 감행했다는 증거를 가지고 있다고 하지만 말이다.

그렇기에 지금 고재환은 최대한 목소리를 죽여 질문을 하였다.

"어떻게 진행이 되는 것입니까?"

비록 특별경호원들이 KSS경호에 속한 직원들이고 또 성환이 사장이라고 하지만 자신의 팀에 속한 이들의 안전에 관한 것은 S1에 있을 때나 지금이나 똑같이 생각하는 고재환이라 이런 질문을 하지 않을 수가 없었다.

그리고 그건 2팀의 팀장인 재원도 마찬가지였다.

물론 특별경호원들 모두 비슷한 생각을 가지고 있었다.

자신들이 비록 KSS라는 경호회사에 입사를 했지만, 이 모든 것이 정치적인 문제로 그렇게 된 것이지 한 번도 자신들이 나라에 충성하는 군인이 아니라고 생각한 적이 없었다.

그러했기에 일본에 보복을 하러 간다는 것에 주저하지 않고 자원을 한 것이기도 했다.

긴장된 눈으로 자신을 주시하는 특별경호원들의 모습에 성환은 조금 전 최익현 지부장에게 듣고 온 내용을 들려주었다.

"현재 일본 내 사정이 여의치 않아 필요한 폭약의 양이 1/5로 줄었다."

성환은 최익현이 준비한 폭약의 양을 최대한 담담하게 들려주었다.

그런 성환의 이야기를 들은 고재환은 특별경호원을 대신해 물었다.

"5분의 1이라면…… 200kg뿐이 구하지 못했다는 말입니까?"

믿을 수 없다는 표정으로 재차 물어 오는 고재환의 물음에 성환은 사실을 다시 들려주었다.

"들은 대로다. 대한상사의 역량으로는 그 정도가 현재 최대라고 한다."

"사장님! 그럼 계획이 변경되었다는 말씀은 불가능하니 계획이 취소되었다는 말씀입니까?"

성환의 말을 듣고 고재환은 차라리 잘되었다는 생각이 들었다.

하지만 마음 한편으로는 억울한 생각도 들었다.

한국에서 테러를 자행했던 일본의 닌자들을 잡기 위해 그들이 테러를 벌였던 테러 현장을 조사했었다.

테러 발생 당시 현장에서 구조를 하던 소방공무원들에 의해 현장이 많이 훼손되었지만, 그래도 날카로운 시선으로 조사를 하던 그들의 눈에 테러범들이 썼던 폭약의 종류라든가, 테러에 사용된 폭약의 설치된 기폭장치가 어디 제품이며, 어느 부대가 그런 물건을 사용하는지 조사를 했다.

세계 각국의 특수부대들은 각 부대별로 선호하는 폭약이나 기폭장치들이 있었다.

하지만 이번에 사용된 것은 한국에서도 많이 사용하는 C4가 사용이 되어 조사를 하는데 많이 혼란스러웠다.

하지만 대한민국 정부는 신속하게 초기대응을 했기에 테러범들이 빠져나가지 못하게 차단할 수가 있었다.

아무튼 조국이 테러를 당했고 또 범인을 잡았다.

그리고 그 배후도 밝혀냈다.

그럼 당연한 수순으로 보복을 해야 한다.

하지만 대상이 좋지 못했다.

개인적으로야 자신이 있지만 객관적인 전력에서 한국은 일본의 상대가 되지 못했다.

육상 전력인 육군의 전력은 한국이 비교가 되지 않을 정도로 우세하다.

하지만 현대전의 핵심인 공군 전력이나 일본과의 전쟁에서 가장 중요한 전력인 해군의 전력이 일본에 비교가 되지 않았다.

위정자들의 헛짓 때문에 가장 중요한 전력인 공군과 해군 전력을 육군과 균형을 이루지 못했기 때문이다.

육군 위주의 기형적인 전력을 가지고 있는 한국으로써는 일본과 전면전을 하게 된다면 지지는 않겠지만, 이기지도 못할 것이다.

아니 해상 전력에 3:1로 열세인 관계로 일 본해군에 해상이 봉쇄가 되어 고사(枯死)할 수도 있었다.

그 때문에 나온 방법이 일본에 똑같이 보복을 해 주는 일이었다.

그렇다고 경계가 심한 지금 군에서 움직일 수도 없었다.

이미 일본은 위성궤도에 많은 수의 위성을 쏘아 올려 두고 있다.

그중에 몇 기가 첩보 위성일지 아무도 모를 일이었다.

더욱이 일본의 상업 위성도 사용하기에 따라 첩보 위성으로 전용이 가능할 정도로 성능이 뛰어난 것으로 알려졌다.

한마디로 일본은 한국을 상공 200㎞ 밖에서 지켜보고 있기에 함부로 움직일 수가 없었다.

그래서 나선 것이 민간인이면서 특수작전을 할 수 있는 자신들이었다.

비록 한일 양국의 관계가 예전 같지 않아 의심의 눈초리로 보겠지만, 민간 기업이고 사업차 사전 답사라는 형식으로 일본에 들어올 수가 있으니 명분은 충분했다.

아직까지 민간 부문에서 교류가 되고 있으니 경호회사라고 하지만 M&S엔터의 사전 조사라는 명분도 있었다.

실제로 이혜연 사장에게 그런 의뢰를 받고 장기체류를 하고 있기도 했다.

아무튼 많은 생각을 하게 하는 일이었는데, 준비 부족으로 계획이 최소될 것으로 보이자 부하들의 안전을 신경 쓰던 고재환으로서는 이것도 괜찮다는 생각이 들었다.

하지만 연이어 들린 성환의 말에 눈을 크게 떴다.

그리고 그건 재환만 그런 것이 아니라 다른 특별경호원도 마찬가지였다.

성환의 변경된 계획은 전에 세웠던 계획보다 훨씬 더 위험도가 높았기 때문이다.

"아니, 계획은 원례대로 진행을 한다. 폭약이 부족하니 부족한 폭약은 현장에서 조달하기로 한다."

고재환은 다급하게 성환의 말에 놀라 물었다.

"헉! 사장님! 농담이시죠?"

"아니, 농담하는 것 아니다. 뭘 그리 걱정하지?"

하지만 성환은 자신이 한 말이 농담이 아니란 것을 강조했다.

그리고 그에 그치지 않고 눈을 똑바로 뜨고 주변을 둘러보며 말했다.

"너희의 능력은 이런 정도가 아니다."

성환은 자신이 S1프로젝트를 통해 이들을 양성할 때 목표했던 것에 관해 말하기 시작했다.

아직까지 이들은 자신들의 능력에 관해 인식하지 못하는 것 같았다.

"이 세상에 너희를 막을 존재는 아무도 없다. 오웬의 팀이나 저희가 잡아들인 닌자들은 그 세계에서 최고의 존재들이다. 하지만 너희는 아무런 피해도 입지 않고 그들을 제압했다. 너희에게 교육을 받았던 미국의 특수부대원들 아직 너희를 따라오려면 몇 년은 더 실력을 키워야 한다."

성환의 이야기가 계속될수록 특별경호원들의 표정은 한 껏 고무되었다.

확실히 성환의 이야기를 듣다 보니 그동안 자신들이 얼마나 자신들의 능력을 알지 못했는지 깨닫게 되었다.

미국에서 오웰 일행이 수진을 납치하기 위해 세인트 조나단에 침입을 했을 때나, 한국에서 테러를 저지른 일본의 닌자들을 잡아들일 때, 그리고 재작년 자신들에게 교육을 받겠다며 갱생도에서 건달들과 함께 수련을 받았던 이들을 생각하니 자신도 모르게 자신감이 생겼다.

더욱이 자신들에게는 초강대국 미국에서도 극비로 취급되는 아머슈트도 있지 않은가?

이런 생각이 들자 특별경호원들은 무엇이든 할 수 있다는 자신감이 생겼다.

◈　　◈　　◈

특별경호원들과 회의를 마친 성환은 일단 부족한 폭약을 구하기 위해 자신들이 있는 오사카에서 가장 가까운 일본군 부대를 찾아보았다.

그리고 멀지 않은 곳에 일본 육군 3사단이 주둔하고 있는 군부대가 있음을 확인하고, 그곳의 무기고에서 폭약과 필요한 물품들을 구하기로 하였다.

물론 구한다는 것이 군부대에 찾아가 구입하겠다는 것은 절대로 아니었다.

어차피 그곳도 자신들의 목표 중 한 곳이니 우선적으로 들리는 것이다.

일본 육군 3사단은 오사카 옆에 위치한 효고 현에 위치하고 있었는데, 예전 일본군이 자위대란 명칭으로 있을 당시 3사단이 고스란히 자리하고 있던 자리에 명칭을 그래도 사용했다.

일본은 자위대가 군으로 승격이 되면서 양적으로 팽창을 했는데, 자위대 시절 모병제였던 것을 징집, 모병제로 혼용하면서 양적으로 팽창을 했다.

그렇다고 일본의 육군이 확 늘어난 것은 아니었다.

지리적 여건 때문에 육군의 비중 보다는 해군과 공군으로 병력이 편중되면서 기존 15개 사단과 연대를 확대해 18개 사단으로 늘리는 데 그쳤다.

아무튼 성환은 자신들이 있던 위치에서 가까운 곳에 일본 육군의 사단이 있다는 것에 다행이라 생각했다.

만약 그렇지 않았다면 멀리 도쿄까지 갈 뻔했기 때문이다.

그런데 호사다마라 했던가.

가까운 곳에 폭약을 구할 수 있는 일본군 부대가 있다는 것은 좋았는데, 하필 위치가 도심 속이라 조용히 목표를 이루는 것이 쉽지만은 않아 보였다.

"쉽지만은 않을 것 같습니다."

자신들의 목표인 일본 육군 3사단이 내려다보이는 곳에서 지켜보던 고재환이 그렇게 말을 했다.

"너무 어렵게 생각하면 모든 일이 다 힘든 것이야! 너희의 실력과 지급된 장비들을 믿어라!"

성환은 조금은 불안해하는 고재환의 말에 그렇게 말을 하였다.

현재 내려다보고 있는 일본군 3사단의 경계는 무척이나 촘촘하게 이루어지고 있었다.

그도 그럴 것이 일본정부는 이미 몇 년 전부터 한국과 전쟁을 준비하고 있던 관계로 내부적으로 준전시체제를 운영하고 있었기 때문이다.

수시로 비상훈련을 하고, 또 혹시나 모를 적의 침투에 대비한 경계훈련을 실시했기에 비록 일본군이 자위대에서 군으로 승격 된지 몇 년이 되지 않는다 하여도 그 훈련 상태는 결코 한국군에 못지않았다.

아니 어쩌면 수십 년째 휴전 상태로 의무적으로 2년을

근무하는 한국군보다 더 훈련 정도가 더 나을지도 몰랐다.

그렇다고 일본군의 경계를 뚫지 못할 정도는 아니었다.

특별경호원들은 이런 첨예한 경계를 뚫고 목표에 다다라 목표를 파괴하거나 요인을 납치, 암살을 하는 것에 특화된 훈련을 받은 사람들이 아닌가? 그것도 기존 특수부대원들 중에서도 엘리트만 뽑아 따로 훈련을 시킨 이들이니 말해 무엇 하겠는가?

이들은 특수부대를 잡는 특수부대를 목표로 양성이 된 존재들이었다.

더군다나 이들이 착용한 장비는 전 세계에서도 몇 운용하지 않는 특수장비이지 않은가?

초강대국 미국만이 실전운용을 하고 다른 러시아, 영국 등 강대국이라 칭하는 나라들은 그저 실험 단계를 겨우 벗어난 정도이다.

물론 일본도 실험 단계를 벗어난 정도이지 아직 실용화 단계는 아니었다.

"익일 01시 00에 침투한다. 그전까지 목표 숙지하고 12시까지 눈 좀 붙이도록!"

성환은 내일 새벽 1시에 일본군부대에 침투할 것이니 일본군부대의 배치도를 숙지하도록 지시를 내리고 작전에 들어가기 1시간 전인 12시까지 휴식을 주었다.

"알겠습니다."

성환의 명령을 들은 특별경호원들은 자리를 떠나 휴식을 취하고 또 더러는 아직 외우지 못한 일본군 부대의 배치도를 숙지했다.

◈　　◈　　◈

효고 현 이타미 시 센조 주둔지에 위치한 일본 육군 3사단.

밤이 깊어지고 건물들의 불빛이 모두 꺼지고 어둠에 싸였다.

물론 도시 속에 있는 군부대다 보니 주변에 설치된 가로등으로 인해 칠흑처럼 어두운 것은 아니었다.

초소마다 군인들이 경계를 하고 있다고 하지만, 위치가 위치이다 보니 초병들의 근무 상태는 그리 양호하지 못했다.

아무리 준전시체제라 해도 내륙에 위치하고 또 도심 속에 위치하다 보니 초병들의 정신 상태는 다른 지역에 비해 철저하지 못한 것인지 경계에 구멍이 보였다.

성환과 특별경호원들은 착용한 아머슈트의 스텔스 기능을 활성화하고, 경계가 가장 느슨한 곳을 통해 부대 안으로 침투를 했다.

"겉으로 보는 것보다 경계 상태가 그렇게 심각한 상태는 아닙니다."

침투를 하다 말고 방민수가 엉뚱한 말을 하였다.

그런 방민수의 말은 입으로 전달되는 것이 아니라 아머슈트의 헬멧에 설치된 스피커로 들려왔다.

일체의 소음을 줄이기 위해 사전에 말을 하지 말라는 지시는 내리지 않았지만, 이런 침투작전에서 침묵은 기본 중의 기본이었다.

물론 방민수도 그런 기본은 알고 있었다.

하지만 그가 이런 말을 하는 것은 방금 전 경계초소를 지나치면서 초소 내부의 상태를 확인했기 때문이었다.

어디나 그렇듯 방민수가 지나친 초소 안의 상태는 정말 개판이었다.

초병 두 명이 둘 다 잠이 들어 있었기 때문이다.

아무리 졸음이 온다 하더라도 참고 경계근무를 해야 하지만, 아니, 번갈아 가며 자더라도 한 명은 깨어 경계를 해야 했다.

이곳이 도심 속 안이라 하더라도 말이다.

하지만 경계를 서고 있는 초병은 그런 기본도 아직 숙지하지 않은 것인지, 아니면 이것이 현 일본군의 현실인지 모르겠지만 아무튼 밖에서 지켜보던 것과 딴판인 경계 상태를 보며 방민수가 자신도 모르게 한 말이었다.

"아직 작전이 끝난 것이 아니다. 한국으로 돌아가기 전까지 절대 마음을 놓지 마라!"

성환은 방민수가 하는 소리를 듣고 얼른 그의 말을 끊었다.

혹시나 방심을 하지나 않을까, 걱정을 하면서 모든 일을 마치고 한국으로 돌아가기 전까지 긴장을 늦추지 말라는 말을 하며 움직였다.

"알겠습니다."

성환의 말에 방민수도 자신의 실수를 깨닫고 얼른 대답을 하고 뒤를 따랐다.

이제 작전에 들어간 시점에서 자칫 실수라도 나온다면 자신뿐 아니라 동료들까지 위험해질 수 있었다.

경계를 넘어 안으로 들어가니 목표인 무기고가 보였다.

목표에 도착한 성환과 특별경호원들은 무기고 앞에서 주변을 경계했다.

그리고 고재환은 팔뚝에서 뭔가를 꺼내더니 무기고의 잠금장치에 연결을 했다.

무기고의 잠금장치는 구형의 자물쇠가 아니라 비밀번호를 입력하는 전자식계폐장치였다.

자신들이 이곳에 침투했다는 것을 알리지 않기 위해 조심스럽게 해킹 프로그램을 이용해 무기고의 문을 열려는 것이다.

만약 그저 이곳만 파괴하는 것이 목적이거나 무작위 테러를 목적으로 했다면 소란이야 있거나 말거나 그냥 편하게 파괴하고 들어가 필요한 물건들을 가지고 빠져나갔겠지만, 성환이나 특별경호원들의 목적은 그런 것이 아니라, 일본이 준비하고 있는 전쟁을 최대한 늦추기 위한 것이 최종 목적이었다.

즉, 일본 육군이 목표가 아니라 한국에 위협이 되는 해군과 일본 공군의 전력을 파괴하는 것이 목적인 것이다.

그렇기 때문에 자신들의 범죄 행위가 발각이 되더라도 최대한 늦게 알려져야만 자신들의 목적을 이루는 데 성공 확률이 올라가는 것이다.

띠리릭! 딸깍! 쉬익!

문에서 뭔가 돌아가는 소리가 들리고 또 연이어 무언가 걸리는 소리가 들림과 동시에 문이 열렸다.

무기고의 문이 열리면서 내부 압력의 차이로 바람이 새는 소리가 들리긴 했지만 밤늦은 시각이라 그 소리를 들은 사람은 지금 무기고 앞에 있는 이들뿐이었다.

"심 전무과 한 과장은 입구를 지키고, 다른 사람들은 모두 안으로 들어가 필요한 물건을 챙긴다."

성환은 심재원 전무와 그의 직속부하인 한광옥 과장에게 입구를 지키라 말하고 무기고 안으로 들어갔다.

일본 육군 3사단이 보유한 무기고는 무척이나 컸는데, 아무래도 전쟁을 계획하고 난 뒤라 그런지 상당한 량의 무기들이 비치되어 있었다.

성환과 특별경호원들은 총기류나 실탄이 있는 곳을 지나 폭약이나 기폭장치가 있는 곳을 찾았다.

"신속하게 움직여!"

"알겠습니다."

한참을 무기고 안을 돌아다니던 성환과 특별경호원들은 자신들이 원하던 것을 찾았다.

"사장님! 여깁니다."

방민수 과장이 소리를 치자 무기고 안을 뒤지던 특별경호원들은 그곳으로 모였다.

그들이 보고 있는 곳에는 다양한 기폭장치들이 있었는데, 성환과 특별경호원들은 자신들의 목적에 맞는 기폭장치를 골랐다.

타이머와 리모컨을 병행해서 사용할 수 있는 물건을 고른 것이다.

그리고 성환이 기폭장치를 챙기고 있을 때, 고재환은 자신들이 사용할 폭약을 챙겼다.

다행히 기폭장치가 있는 곳에서 얼마 떨어지지 않은 곳에 C4가 쌓여 있어, 그것을 챙겼다.

"성한이하고 몇 명은 이걸 좀 챙겨!"

고재환은 자신 혼자서 많은 양의 폭약을 챙길 수 없기에 다른 직원들을 부른 것이다.

"어서 서둘러라! 너무 무리해 많이 챙길 필요는 없다. 우리가 목표하는 곳에도 폭약이 있을 것이니, 이곳에서는 한 번 사용할 것만 챙기면 된다."

욕심을 부려 너무 많은 양의 물건을 챙기다가는 빠져나가는 것도 문제지만, 자신들이 목표를 타격하기 전에 폭약이 대량 분실한 것을 일본군이 알게 될 경우 목적을 이루는 데 많은 애로사항이 발생할 것이기 때문에 그렇게 지시를 한 것이다.

필요한 양의 폭약과 기폭장치를 챙긴 성환은 겉으로 봐선 폭약이 줄어든 것인지 아닌지 분간이 되지 않게 위장을 하고 무기고를 빠져나왔다.

성환이 위장을 한 방법은 별다른 것이 아니라 앞쪽의 물건은 그냥 두고 뒤쪽 가운데 보이지 않는 부분에 있던 물건만 빼 오는 것이었다.

그냥 힘으로 한다면 무척이나 힘들고 많은 시간이 필요했겠지만 이들이 착용한 장비는 다름 아닌 아머슈트였다.

아머슈트의 원래 개발 목적은 바로 이런 무거운 장비를 쉽게 운반하려는 목적에서 시작된 것이기에 50kg이나 되는 상자를 큰 힘을 들이지 않고 쉽게 옮길 수 있었다.

모든 작업을 끝낸 성환과 특별 경호원들은 폭약과 기폭장치를 챙겨 들어왔던 것처럼 조용히 부대를 빠져나갔다.

◈　　　◈　　　◈

늦은 시각 희미한 가로등 불빛이 거리를 비추고 있었다.

그런 흐릿한 거리에 일단의 그림자들이 움직이는 것이 보였지만 이미 늦은 시각이라 어느 누구도 그런 그림자의 출현을 알지 못했다.

효고 현을 빠져나와 준비된 차량에 물건을 실은 성환과 특별경호원들은 신속하게 현장을 이동했다.

얼마를 달렸을까? 인적이 드문 산이 나오자 달리던 차는 멈춰 섰다.

딸깍!

차의 문이 열리고 성환이 밖으로 나왔다.

성환이 차에서 내리자 뒤따라오던 차에서도 사람들이 내렸다.

사전에 약속된 것인지 성환을 중심으로 특별경호원들이

모두 모였다.

사람들이 자신을 중심으로 모이자 성환이 말을 하기 시작했다.

"필요한 양의 폭약이 모두 구했으니 이제 마지막 임무를 하달하겠다. 목표에 폭약의 설치가 끝나면 성패에 관계없이 모두 한국으로 귀국한다. 알겠나?"

"알겠습니다."

성환은 자신의 말에 대답을 하는 특별경호원들을 보며 다시 한 번 당부를 했다.

"혹시나 해서 하는 말인데, 욕심 부려 남을 생각하지 말고, 무조건 귀국을 해야 한다. 절대로 한국은 일본에 어떠한 일도 하지 않은 것이다."

아무리 미국과 이야기가 끝났다고 하더라도 대외적으로 미국은 테러와의 전쟁을 하는 나라다.

그리고 그건 한국도 마찬가지였다.

자국에서 일어난 테러에 대해 성토를 하면서 역으로 똑같은 테러 행위를 한다면 사람들이 어떻게 생각을 하겠는가?

처음에는 한국에서 발생한 테러에 관해 동정을 보이다 결국 자국의 이득과 관계가 된다면 말을 바꿀 수도 있었다.

그렇기 때문에 보복을 하더라도 증거를 남겨선 절대로 안된다.

"다시 한 번 강조하지만 대한민국은 절대로 테러를 하지 않았다. 이것을 명심하고 작전이 완료되면 무조건 일본을 빠져나간다."

한 번 더 강조를 한 뒤 성환은 마지막 임무에 관해 역할 분담을 시켰다.

성환은 많지 않은 인원으로 인해 일본이 그랬던 것처럼 전국적으로 동시다발적으로 보복테러를 감행할 수 없는 현실 속에서 일본에 가장 큰 피해를 주고 또 전쟁을 준비하던 일본이 전쟁을 꿈도 꾸지 못하게 하는 방법을 여러 날 고심을 했다.

그래서 생각해 낸 것이 역시나 일본군의 핵심이라 할 수 있는 해군을 손보기로 했다.

그렇다고 일본 해군 전체를 파괴할 수도 없는 입장이다.

아무리 일본이 믿고 또 중국에 자신만의 인맥을 형성했다고 해도 국가 간의 일이란 것은 장담을 할 수가 없는 일이다.

이번만 해도 그렇지 않은가?

동맹인 일본이 한국에 테러를 자행하고 또 전쟁을 준비했을 것이라고는 아무도 상상하지 못했다.

하지만 일본은 자국민을 살리기 위해 안전한 땅이 필요하다는 생각에 한국과 전쟁을 벌이려고 계획했다.

그러니 또 언제 상황이 변할지 모르는 국제 정세를 생각하면 일본 해군을 무턱대고 파괴할 수도 없었다.

그래서 생각한 것이 한국에 직접적으로 위협이 되는 곳만 파괴하기로 결정을 내렸다.

일본 해군 전력 중 한국에 위협이 되는 곳은 교토 마이즈루 항에 있는 일본 해군 3함대와 마이즈루 함대였다.

일본은 자위대가 군으로 승격이 되면서 호위대군을 확대 개편하면서 호위대군을 함대로 승격하고, 또 호위대군을 보조하던 지방함대도 전력을 강화해 정규 함대화 했다.

물론 후쿠시마 사태로 국토의 절반에 가까운 지역이 방사능 오염 지역으로 변했기에 커진 함대를 위해 새로운 항구를 만들기보단 기존 군항을 더욱 확대하는 정도에서 그쳤기에 주둔하고 있는 항구는 예전과 같았다.

그러다 보니 일본의 군항은 현재 군함으로 포화 상태에 이르러 있었다.

일본 해군 중 동해를 책임지는 제 3함대와 마이즈루 함대와 함께 사세보에 있는 제 2함대와 사세보 함대였다.

이들 4개 함대를 무력화시킨다면 일본은 절대로 한국에 전쟁 도발을 할 수가 없었다.

특히나 제 2함대와 사세보 함대는 현재 중국과의 영토분쟁을 벌이고 있는 센카쿠열도를 지키기 위해선 없어선 안

되는 전력이다.

그런데 만약 이런 사세보를 파괴한다면 중국과의 분쟁에서 더욱 많이 신경을 써야만 했다.

그렇게 된다면 한국은 전쟁으로부터 더욱 안전해지는 것이다.

사세보 항이 계획대로 완벽하게 파괴가 되었든 아니면 그렇지 못하고 약간의 피해만 입었더라도 말이다.

일본은 현재 동해에 있는 3함대와 마이즈루 함대 그리고 2함대 일부 병력이면 충분히 한국을 상대할 수 있을 것으로 생각하고 있기에 성환의 계획대로만 된다면 정말로 전쟁은 일어나지 않을 것이다.

5.
일본 해군기지를 폭파하라!

일본 해군 3함대의 기항인 마이즈루 항에는 많은 군함들이 정박해 있었다.

그런데 그중에서 가장 눈에 띄는 것이 있었는데 그것은 바로 일본이 2020년에 야심찬 계획으로 건조한 중형 항공모함 아마테라스의 자매함인 3번 함 스사노오의 거대한 모습이 석양빛을 받으며 붉게 물들어 있었다.

일본은 자위대가 군으로 승격이 되면서 전력 강화에 많은 노력을 기했다.

21세기 들어 경제 붕괴로 해제되었던 소련의 옛 영광을 찾겠다며 분연히 일어선 러시아. 러시아는 몇몇 소련에서

분리 독립한 나라 중 자원이 풍부한 몇몇 나라를 연합이란 느슨한 관계가 아닌 흡수 합병을 하면서 과거의 영광을 되찾으려고 하였다.

그리고 중국 또한 고도의 경제성장을 밑거름으로 중화사상(中華思想) 세계인들에게 관철시키고자 군사력을 키웠다.

이런 주변국의 변화에 일본 또한 맞서 군사력을 키웠다.

그렇지만 자위대로 있을 당시에는 일본정부가 아무리 노력을 해도 그 한계가 있어 키울 수 있는 군사력에는 한계가 있을 수밖에 없었다.

그런데 시대의 흐름인가? 일본에 기회가 왔다.

그것은 바로 미국의 누적되는 적자가 그것이다.

미국은 자꾸만 늘어가는 적자 때문에 더 이상 과거처럼 세계의 경찰 노릇을 할 수가 없었다.

아니, 하고는 싶지만 엄청나게 들어가는 유지비를 감당하지 못할 지경에 이르렀다.

이 때문에 미국의회는 미군에 군비 감축을 계속해서 요구를 하였다.

그래서 계속해서 군사력 우위를 지키기 위해 도입하기로 했던 많은 첨단무기들의 도입을 도입 수량의 축소하거나 도입 시기를 연장하였다.

이 때문에 미군은 어쩔 수 없이 전약을 바꿀 수밖에 없었다.

늘어나는 유지비를 줄이기 위해 미군이 파견된 국가에 주둔 비용을 늘린다든지 아니면 일정 부분 자신들이 하던 임무를 그 나라에 일임을 하는 것이었다.

이런 이유로 한국 또한 미군이 가지고 있던 전시작전권이 한국군에 넘어오게 되었고, 이런 과정에서 일본도 자국의 안위를 지키는 자위대에서 군으로 승격이 되었다.

일본은 자위대가 군으로 승격이 될 때 무척이나 진통을 겪었다.

하지만 그것은 모두 일본정부가 꾸민 연극에 지나지 않았다.

일본정부가 자위대를 군으로 승격시키기 위해 2차 대전 패전 후 제정한 평화헌법을 고치는 것에 얼마나 오래전부터 노력을 했던가.

그럴 때마다 일본의 사회당이나 민주당에서 많은 반발을 하고 그랬지만 어느 순간 은근슬쩍 법안은 개정이 되고 군으로의 승격이 통과가 되었다.

그 뒤로 일본은 빠르게 군으로서의 모습을 보이기 위해 예전에 갖추지 못했던 장비를 미국에 구입하게 되었다.

미국으로서는 생각지 못한 특수를 맞게 된 것이다.

물론 일부 경제학자들이 그런 예상을 하고 백악관에 그런 정책을 밀어붙였을 수도 있었다.

아무튼 일본은 그렇게 군으로서 모습을 갖추었는데, 한 가지 미진한 부분이 있었다

그것은 바로 일본은 주변 국가들과 영토분쟁을 하고 있기 때문이다.

북으로는 쿠릴열도를 두고 계속해서 대립을 하고 있었고, 남으로는 중국과 센카쿠 열도를 두고 분쟁을 하고 있었다.

동맹인 한국과도 독도를 두고 분쟁을 하고 있었다.

물론 독도를 두고 벌이는 분쟁을 일본 자신들만의 주장이었지만 말이다.

해군의 전력은 기존에 꾸준히 구축을 하고 있었기에 밀린다고 생각지 않았지만, 만약 전면전이 벌어졌을 때 일본은 해군 전력을 뒷받침할 세력이 미흡했다.

2011년에 있었던 후쿠시마 원전 폭발사고로 인해 국토가 절단 났다.

원전 폭발로 일본 동부가 방사능에 오염이 되면서 일본은 국토방위에 비상이 걸리고 말았다.

동부에 있던 공군기지가 있는 지역까지 방사능에 오염이 되면서 기지는 어쩔 수 없이 오염이 되지 않은 서부 지역으로 옮길 수밖에 없었다.

이 때문에 러시아와 분쟁이 생겼을 때 4함대를 지원해야

할 공군력에 공백이 생기고 말았다.

그렇다고 3함대가 지원을 간다고 하지만 그건 예전부터 그렇게 작전 계획에 있는 것이라 공군력의 공백이 무척이나 심각하게 대두되었다.

이런 문제를 해결할 방법은 바로 항공모함 건조였다.

항공모함이라면 이런 문제가 말끔히 해소가 되는 것이었다.

바다를 통해 지원을 하면 되는 문제였기에 일본은 2020년 야심차게 항공모함 건조 프로젝트를 발표했다.

그것도 중형 항공모함을 1척도 아닌 4척을 동시에 건조하는 계획이었다.

물론 일본에 있는 조선소에서 항공모함을 4척이나 건조할 능력은 되지 못했다.

일본은 자신들의 능력을 너무도 잘 알고 있었기에 2척은 미국에 의뢰를 하게 되었다.

물론 이것도 모두 주변국의 반발을 무마하기 위해 미국을 자신의 편으로 만들기 위해 수단이었다.

미국은 그냥 군함도 아닌 항공모함이란 어마어마한 돈을 거절할 리가 없었다.

미국은 일본의 의도대로 중국과 한국은 물론이고, 2차 대전 당시 일본에 피해를 입었던 아시아 국가들의 반발에도 불구하고 일본의 항공모함 건조를 승인했다.

그 때문에 한국에서 반미감정이 잠깐 일기도 했지만, 북한 핵 문제와 연관되어 흐지부지하게 넘어가고 말았다.

아무튼 일본은 그렇게 배수량 5만 톤의 중형 항공모함을 4척이나 가지게 되었다.

기존에 있던 헬리콥터 항모만 해도 일본공군이 가진 F—35를 운영해 유사시 항공모함으로 전용할 수 있었는데, 거기에 정식으로 중형 항공모함을 가지게 되었으니 그 전력은 이제는 초강대국 미국에 이어 2위였던 중국이나 3위 러시아를 제치고 당당히 2위에 오를 수 있는 기반을 마련했다.

물론 이런 전력은 전략무기인 핵을 포함하지 않은 재래식 무기에 한한 전력이지만, 아무튼 일본은 군사력만으로도 강대국 반열에 들어서고 말았다.

그 때문에 한국과 중국은 물론이고 아시아 국가들은 때 아닌 군사력 확충에 노력을 기울였다.

언제 어느 때 변할지 모르는 일본인들의 성향을 너무도 잘 알고 있는 아시아 국가들은 그렇게 일본이 자위대를 군으로 승격하려고 할 때부터 이런 일을 우려했었다.

아무튼 그 때문에 침체 일로에 들어섰던 세계 각국은 군수산업체들은 때 아닌 특수를 누리게 되었다.

그중에 가장 혜택을 본 나라는 누가 뭐라 해도 미국을 빼

놓을 수 없었다.

물론 한국도 많은 외화를 벌어들일 수 있었지만 말이다.

아무튼 일본이 건조한 4척의 항공모함은 일본 신화에 나오는 최고신 아마테라스를 비롯해 최고의 신으로 명명된 신들의 이름을 가지게 되었다.

그중 1번 함은 일본의 최고신인 아마테라스의 이름을 따 일본의 전함은 아마테라스 급이라 명명되었는데, 1번 함 아마테라스는 일본 해군 1함대에, 2번 함은 풍요와 성공의 신인 이나리라 명명되었으며 2함대에 소속되었다.

이렇게 신화에 나오는 최고신의 이름을 차용한 일본의 항공모함 3번 함 스사노오는 3함대에 편입되어 동해를 담당하게 되었다.

특히나 일본은 이 스사노오에 많은 노력을 했는데, 그것은 이 스사나오 함이 자국의 기술력을 총동원해 건조한 것뿐만 아니라, 신화에 나오는 스사노오가 그랬듯 위기에 처한 일본을 구해 줄 것이라는 믿음을 가지고 있기 때문이다.

일본 3함대에서 가장 커다란 군함인 스사노오의 모습이 석양에 붉게 달아오른 모습이 무척이나 인상적이었다.

그런데 석양에 붉게 물든 스사노오가 항구에 정박해 있는 모습을 지켜보는 사람들이 있었다.

◈　　◈　　◈

일본의 3함대 기항인 마이즈루에 도착한 성환과 특별경호 1팀은 자신들의 목표가 있는 군항을 잠시 보았다.

석양빛이 붉게 물들어 항구를 비추는 모습이 무척이나 인상적이었다.

'붉게 물든 항구의 모습이 몇 시간 뒤 변할 항구의 모습을 연상시키는군!'

일반 사람들이라면 석양에 비친 항구의 모습을 보고 시를 연상하거나 아니면 화가의 그림을 연상할 테지만, 성환의 눈에는 붉게 물든 마이즈루의 모습이 마치 오늘 자신이 벌일 일을 암시하는 듯 보였다.

"와! 노을이 물든 항구라! 멋있네요."

"그러게 말이야!"

성환의 뒤로 몇몇 경호원들이 노을에 물든 항구의 모습에 감탄하는 모습을 보였지만 성환은 그런 그들의 말이 귀에 들어오지 않았다.

그의 머릿속에는 온통 오늘 밤에 실행할 적전으로 머릿속이 복작했다.

"일단 숙소로 움직이자!"

"알겠습니다."

장정 여러 명이 한꺼번에 몰려다니면 이상하게 생각할 수도 있겠지만 성환과 특별경호원들이 모두 검은 양복에 검은 선글라스를 쓰고 있기에 아무도 이들 근처로는 오지 않았다.

아마도 일본인들은 성환 일행을 야쿠자로 오해를 하는 것 같았다.

그리고 성환도 자신들이 야쿠자로 오해를 받고 있다는 것을 진즉 알고 있으면서도 아무런 내색을 하지 않고 있었다.

그것은 괜한 오해로 검문이라도 받으면 자신들의 계획에 차질이 벌어질 수도 있기 때문에 오히려 몸에 내공을 흘려 타인이 감히 범접하지 못하게 만들고 있었다.

◈　　◈　　◈

"모두 주목!"

숙소로 돌아온 성환은 특별경호 1팀원들을 불러 모았다.

특별경호원들이 모두 모이자 성환은 그들의 얼굴을 하나, 하나 돌아보며 비장한 표정으로 말을 하였다.

"다시 한 번 말하지만, 작전에 들어가면 신속하게 지정된 목표에 폭탄을 설치한다. 폭발 시간은……."

성환은 말을 하다 말고 자신의 시계를 들여다보았다.

"폭탄의 폭발 시간은 정확히 자정에 맞춘다."

성환이 폭탄의 폭발 시각을 자정이라 말을 하자 자리에 있던 특별경호원들은 각자 시계를 맞추기 시작했다.

이들이 시간을 맞추는 이유는 혹시라도 작전에 몰입해 폭탄의 폭발시간을 생각지 못하고 작전에 몰입하는 것을 막기 위해서다.

"고 전무는 만수와 한수를 데리고 마이즈루의 무기고와 유류 창고를 폭파한다. 그리고 동진이와 민욱은 둘이 함께 이지스 함인 아타고 함에 침투한다. 그리고 병수는 나와 함께 또 다른 이지스 함인 묘코에 들어간다."

성환이 짠 작전은 고재환과 방만수 그리고 김한수 이렇게 3명에게 일본 해군 3함대가 사용하는 무기고와 유류 저장 창고를 파괴하라는 임무를 부여했다.

그리고 동진과 민욱 그리고 병수에게는 3함대에서 가장 중요한 군함인 2척의 이지스 함에 침투하라 하였다.

사실 무기고와 유류고를 파괴하는 것도 중요하지만 가장 중요한 것은 바로 3함대의 방어를 담당하는 2척의 이지스 함이었다.

이 이지스란 그리스 신화에 나오는 지혜의 신 아테나의 방패로 무엇이든 막아 내는 신의 방패를 뜻한다.

그리고 이런 무적의 방패의 이름에 걸맞게 미국은 최신

레이더를 개발하였는데, 기존에 쓰던 레이더 2차원 레이더와 다르게 이지스 함의 레이더는 3차원의 위상배열 레이더로써 1000㎞ 밖의 목표 200개를 포착하며, 24개의 목표를 추적할 수 있다.

일본은 이런 이지스 함을 10척을 가지고 있는데, 3함대에는 2척의 이지스 함이 있었다.

그리고 마이즈루 함대에도 1척의 이지스 함이 있었다.

일본의 원래 목표는 예전 지방함대에서 정규 함대로 편성된 한 대에 호위대군에 그랬던 것처럼, 2척의 이지스 함을 배치하려 하였지만, 아마테라스 급 항공모함 4척을 건 건조하는 사업 때문에 그 계획은 뒤로 미뤄졌다.

아무리 경제대국인 일본이라고 하지만 엄청난 비용이 들어가는 항공모함과 이지스 함을 동시에 그렇게 많이 건조할 수는 없었다.

그래서 우선 중요한 항공모함과 또 중국과 영토분쟁을 하고 있는 센카쿠 열도를 책임지고 있는 2함대를 지원하는 사세보 함대와 유사시 4함대를 지원할 수 있게 마이즈루 함대에 이지스 함 1척을 우선 배분했다.

이렇게 일본 해군은 이지스 함을 무려 10척이나 보유하게 되었는 데 반해 한국은 동해와 남해 그리고 서해 함대에 각각 1척씩, 그리고 기동함대에 1척 이렇게 총 4대의 이지스 함을 보유하고 있을 뿐이었다.

방어 함정인 이지스 함에서 이렇게 차이가 나니 일본이 한국과 전쟁을 벌일 음모를 꾸밀 수 있는 것이다.

더욱이 한국은 아직까지 항공모함은 1척도 없으니 해군 전력은 일본과 비교불가였다.

다만 해상 전력에서 비교할 수 없는 차이를 보이지만 잠수함 전력에서는 한국이 약간 우세를 보이고 있었다.

비록 한국이 보유한 잠수함들이 잠수함 선진국인 미국이나 러시아의 잠수함처럼 핵잠수함은 아니지만, 그들의 잠수함 운용을 뛰어넘는 운용을 보이며 최고 클래스의 실력을 가진 함장들이 대거 분포해 있었다.

아무튼 성환은 이참에 일본이 보유한 이지스 함 중 일부를 파괴할 생각으로 작전을 짰다.

이곳에 없는 2팀도 비슷한 목적을 가지고 사세포로 떠난 상태다.

"동진이와 민욱이의 역할이 중요한데, 아타고 함에 침투하면 우선 승무원들을 모두 제압하고, 아타고에 있는 함대함미사일을 마이즈루 함대를 목표로 입력하고 마찬가지로 자정에 맞춰 발사를 한다."

성환은 동진과 민욱을 보며 말을 할 때, 그의 눈가에는 미안한 기색이 역력했다.

그도 그럴 것이 무기고와 유류 창고를 파괴하는 임무를 맡은 고재환과 다른 이들과 다르게 대함미사일을 발사하는 일은 타이머를 맞추고 할 수가 있는 일이 아니었다.

즉, 그 말은 이 두 사람이 자정까지 함에 남아 미사일을 발사해야 한다는 소리였다.

그리고 그건 성환과 함께 움직일 병수도 마찬가지였다.

이지스 함에 침투할 이들은 이곳 마이즈루에 있는 군함들을 파괴할 목적을 가지고 침투를 할 계획인데 이들 함정은 이들이 가지고 있는 폭탄만으로는 파괴할 수가 없기 때문이다.

아니, 애초에 보유한 폭탄 1000kg으로는 이지스 함 1척도 침몰시킬 수 없는 량이었다.

물론 이지스 함이 보유한 미사일 저장고에 폭약을 설치하고 폭발을 시켜 미사일 유폭을 유도 한다면 어쩌면 가능할지도 모를 일이지만, 어찌 되었던 그건 무척이나 힘든 작업이었다.

그렇기에 성환은 보다 가능성이 있는 이지스 함에 보유한 대함미사일을 발사해 다른 군함을 파괴할 계획을 세운 것이다.

일부는 자침을 위해 유폭을 유도할 목적으로 폭탄을 설치하고 또 일부는 다른 군함들을 파괴하기 위해 발사를 하는 것이다.

이때 까딱 잘못하다가는 자신들도 빠져나오지 못할 위험이 있기에 성환은 이들에게 작전 지시를 하면서도 미안해할 수밖에 없었다.

이들의 희생이 있어야 작전을 성공할 수 있기 때문이다.

"알겠습니다."

미안한 표정으로 자신들을 보며 명령을 하는 성환의 모습을 본 병수와 동진 그리고 한수는 한 사람이 대답을 하는 것처럼 똑같이 대답을 했다.

한편 작전을 듣고 있던 고재환의 표정도 밝지 못했다.

원래라면 자신이 이지스 함에 침투를 해 저 임무를 해야만 했다.

하지만 무기고와 유류 창고를 파괴하는 일도 중요한 일이라 어쩔 수 없이 일본의 이지스 함을 파괴하는 임무에서 배제되었다.

"너희만 믿는다."

고재환은 다른 말을 하지 못하고 그들에게 믿는다는 말을 할 수밖에 없었다.

"먼저 작전이 끝난 재환은 두 사람을 대리고 우리가 탈출할 수 있게 마이즈루 항 입구 갯바위에 탈출 장비를 가지고 대기하기 바란다."

성환은 작전을 마치고 육로를 통해 탈출하기가 힘들 것이라 판단했다.

아무리 갑작스런 폭발로 인해 정신이 없다고 하지만, 이곳은 군항.

그 말은 주변에 마이즈루 항을 지키는 부대들이 많다는 소리다.

마이즈루에 사단이 벌어지면 주변은 통제가 될 것이고, 육로로의 탈출은 불가능해지는 말이다.

그렇기 때문에 성환은 작전을 끝내고 탈출을 하는 루트를 오히려 역발상으로 바다로 탈출로를 잡은 것이다.

바다로 탈출 루트를 잡으며 의외로 이점이 많은데, 바다는 육지와 다르게 특정한 길이 있는 것이 아니기 때문에 어느 곳으로든 이동이 가능했다.

특히나 이들이 갖춘 장비 중 아머슈트는 완벽한 방수 기능을 가지고 있기 때문에 간단한 준비물만 있으면 얼마든지 일본을 빠져나갈 수도 있었다.

그래서 성환은 자신들의 탈출을 위해 수중스쿠터도 준비를 해 두었다.

보다 빠르게 현장을 빠져나가기 위해서 수중스쿠터가 필요했기 때문이다.

아무튼 고재환과 두 사람은 무기고와 유류 창고에 폭탄을 설치한 뒤 약속 장소에 탈출을 하기 위해 준비된 장비와 수중스쿠터를 가지고 대기를 해야 한다.

"알겠습니다."

"만약 작전이 시작되고 10분 동안 약속된 장소에 나타나지 않는다면 바로 출발하기 바란다."

성환은 고재환의 대답을 듣고, 지시를 내렸다.

그건 너무도 당연한 말이었지만 이 말을 하는 성환의 음성은 무척이나 조심스러웠다.

사실 이들의 현재 신분은 민간인.

이들은 군인이 아닌데 지금은 군인과 같은 임무를 부여할 수밖에 없었다.

어찌 되었든 대한민국 국민이고 또 군이 이들을 가르치기 위해 많은 투자를 했으니 나라가 위급한 지경에 있으니 그에 보답을 해야만 한다.

특별경호원들도 그런 사실을 알기에 현재 성환의 명령을 따르는 것이기도 했다.

❖　　❖　　❖

일본 해군 3함대의 기항인 마이즈루에 밤이 깊었지만 밤하늘에 뜬 보름달 때문에 무척이나 밝았다.

더욱이 밤하늘에 구름 한 점 없는 무척이나 맑은 날씨라 밤늦은 시각이지만 시계가 환했다.

"무운을 빈다."

"사장님도 무사하십시오."

성환은 마이즈루 항에 침투하기 전 고재환과 특별경호원 1팀원에게 무운을 빌었다.

그리고 고재환도 자신들을 걱정하는 성환에게 무사하길 빌었다.

자신들이 최고라는 것은 잘 알고 있지만 7명밖에 되지 않는 소수의 인원으로 일본의 해군의 2개 함대가 머물고 있는 마이즈루 항을 폭파하려는 목적을 가지고 있기에 각자 동료들의 무사귀환을 기원했다.

"우리는 최고다. 우릴 막을 자는 이 세상에 우리 자신뿐이다."

"우릴 막을 자는 이 세상에 우리 자신뿐이다."

침투 전 마지막 성환의 구호에 다른 사람들도 똑같이 그의 말을 따라 하였다.

"GO!"

구호가 끝나자 성환은 아머슈트의 바이저를 내리고 낮은 목소리로 외쳤다.

성환의 말이 떨어지기 무섭게 특별경호원들은 아머슈트

의 외피를 스텔스 화하며 뛰기 시작했다.

도심 외각을 지나 산길에 들어서면서 이들의 속도는 더욱 빨라지기 시작했다.

아무리 밝은 보름달이 있었지만, 아머슈트의 카멜레온 시스템이 정상적으로 작동을 하자 이들의 그림자도 발견하는 사람이 없었다.

도심을 지날 때만 해도 혹시나 CCTV에 걸리지나 않을까? 혹시나 늦은 시간에 사람들이 나오지는 않을까? 걱정을 하며 조심스럽게 움직이던 것과 다르게 도심을 벗어나자 인간이 달리는 것인지 의심스러울 정도로 빠르게 이동을 했다.

산길을 달린 지 10여 분이 흐르고 일본 해군 3함대 사령부 외각 철책에 다다랐다.

성환은 목표에 가까워지자 재환에게 명령을 내렸다.

"여기서 갈라진다. 1조는 계획대로 무기고와 유류창고에 폭탄을 설치하고 약속장소에서 탈출 장비를 준비해 대기를 한다."

―알겠습니다.

명령이 떨어지자 고재환과 방만수, 김한수 3명이 빠르게 철책을 넘어 멀어졌다.

성환은 멀어지는 재환과 특별경호원들을 보며 아머슈트

가 있으니 참으로 편리하다 생각이 들었다.

예전 군에 있을 당시 작전에 들어가면 말을 할 수가 없었다.

약속된 수신호 몇 개를 가지고 임무를 해야만 했기 때문이다.

괜히 말을 했다가 자신들의 목소리를 들은 적이 발생한다면 작전은 실패로 돌아가기 때문에 말을 할 수가 없었다.

그런데 지금은 아머슈트로 인해 헬멧에 장착된 마이크와 스피커로 인해 서로 통화를 할 수가 있었다.

수신호를 하는 것 보다 직접 명령을 내릴 수 있으니 보다 작전이 원활하게 진행이 되고, 또 멀리 떨어진 아군과 통신이 가능하기에 작전 성공 확률도 올라간다. 또 안전한 탈출도 가능하게 만든다.

이런 생각을 하면서 성환은 대한민국 군이 보다 많은 아머슈트를 생산해 군에 보급했으면 하는 생각이 들었다.

잠시 먼저 떠난 1조의 모습에 엉뚱한 생각을 잠시 하긴 했지만 성환도 신속하게 움직이기 시작했다.

"우리도 움직인다."

―예!

아직 자신의 곁에서 대기를 하고 있는 동진과 민욱 그리고 병수는 성환의 명령에 대답을 하고 그의 뒤를 따랐다.

성환과 특별경호원 1팀이 마이즈루 항에 침투를 했지만 아직까지 마이즈루 항은 이들의 침입을 눈치채지 못하고 조용했다.

❖   ❖   ❖

마이즈루에 먼저 침투한 고재환은 방민수와 김한수에게 지시를 내렸다.

"민수와 한수는 유류 창고에 폭탄을 설치하고, 1지점에 숨겨 둔 장비를 가지고 마이즈루 만 무인도에 대기한다."

—알겠습니다.

민수와 한수는 고재환의 지시에 대답을 하고 신속하게 움직였다.

자신들이 임무를 신속하게 완료할수록 동료들의 안전이 더욱 확보가 되기에 두 사람은 자신에게 할당된 목표를 향해 빠르게 이동을 했다.

두 사람의 목표는 세 곳으로 나눠진 유류 창고였다.

3함대와 마이즈루 함대의 함정들이 사용하는 기름을 저장하고 있는 저장 시설을 파괴해야 하는데, 함대의 규모가 있기 때문에 일본 해군은 마이즈루에 3군대의 대규모 저장 시설을 분산해 설치했다.

유사시 빠르게 군함에 연료를 주유하고, 또 적의 손에 유류 창고가 파괴가 되더라도 혼란을 막기 위해 유류 저장 창고를 세 군데로 분산한 것이다.

이에 비해 고재환이 담당한 무기고는 한 곳으로 통일을 시켰는데, 일본 해군이 이렇게 유류 창고는 분산했지만, 무기고를 한 곳으로 통일한 것은 무기라는 것의 관리를 편하게 하기 위해서다.

물론 적의 손에 테러를 당한다면 큰 피해를 입을 것이지만, 경계를 엄중히 한다면 충분히 막을 수 있다는 생각에서 또 무기라는 것이 연료처럼 항시 소비하는 물품이 아니기 때문에 그리한 것이기도 했다.

아무튼 민수와 한수는 세 곳이나 되는 유류 저장 창고를 파괴하기 위해선 조금 더 빠르게 움직일 필요가 있었다.

더욱이 두 사람은 자신들의 임무를 마치고 탈출을 위해 숨겨 둔 장비를 가져와야 하는 임무도 있기에 재환의 지시가 떨어지자 신속하게 움직였다.

두 사람이 자신의 명령을 받고 떠나가자 고재환도 자신의 무장을 확인하고 무기고를 향해 움직였다.

고재환이 무기고에 도착을 하니 막 초병들이 교대하는 모습이 보였다.

이미 마이즈루의 근무 현황을 국정원 일본지부로부터 전

달받았기 때문에 잘 알고 있었다.

"음, 방금 교대를 했으니 1시간 정도 여유가 있군!"

재환이 화면을 살피니 현재 시간이 표시가 되어 있었는데, 시간은 PM 11시 01분을 나타내고 있었다.

잠시 전번 근무자가 멀어지는 것을 지켜보던 재환은 그들의 그림자가 어둠 너머로 사라지자 움직이기 시작했다.

◈　　◈　　◈

한편 성환은 병수와 함께 목표인 묘코 함에 올라섰다.

도크에 정박한 묘코 함은 늦은 시간이라 조명이 모두 꺼져 있었다.

"김 과장은 함에 남아 있는 자가 있는지 함 내부를 살피고 만약 남은 자들이 있으면 사살하고, 기관실에 폭탄을 설치해라!"

—알겠습니다.

성환은 김병수 과장에게 그렇게 명령을 내리고 자신은 함교를 향해 움직였다.

성환이 알기로 일본 해군은 모항에 기항했을 경우 승조원 일부를 제외하고는 모두 막사에서 잠을 자는 것으로 알고 있다.

그 말은 일직을 서는 승조원 외에 현재 묘코 함에는 아무도 없다는 소리였다.

그렇기 때문에 성환은 묘코 함의 기관실에 병수를 보내며 혹시나 선내에 있는 자들이 있는지 살피라는 지시는 내린 것이다.

성환의 예상으로는 일직을 서는 승조원의 대부분은 자신이 담당한 함교에 대부분 있을 것으로 예상이 되었다.

김병수 과장이 자신의 명령대로 선내로 들어가자 성환도 함교를 향해 움직였다.

뚜벅! 뚜벅!

작은 소리가 나기는 했지만, 늦은 시각이라 듣는 사람은 없었다.

함교에 도착한 성환은 함교 내부를 살피기 시작했다.

늦은 시각이지만 아직 자정도 되지 않은 시각이라 그런지 함교 내에 있는 자들의 목소리가 아직까지 또렷하게 들렸다.

"미나미 일등해위님! 그게 정말입니까?"

"그렇다니까! 조만간 전쟁이 벌어질지 몰라. 그러니 다들 긴장들 하고 있으라고."

함교 내부에서는 한국군으로 치면 대위에 해당하는 미나미란 일등해위가 같이 일직을 서는 함교 승조원과 뭔가 대화를 나누고 있었다.

그런데 그 내용이 성환이 듣기에 심각한 내용이었다.

일개 대위 정도가 전쟁에 관한 내용을 알 정도라면 이미 일본군 내에 전쟁이 벌어질 거란 사실을 거의 대부분이 알고 있는 것이나 마찬가지였다.

오래전부터 전쟁을 준비했으니 어쩌면 지금 함교에서 대화를 하고 있는 이들은 정보가 늦은 건지도 몰랐다.

'너희가 한국과 전쟁을 준비하고 있단 말이지? 후후, 그게 너희 뜻대로 될 것 같나?'

성환의 그들의 대화를 들으며 내부 인원을 확인했다.

대화를 나누는 두 사람 말고 두 명이 더 있는 것이 아머슈트의 감청 장비에 걸렸다.

대화에 끼지는 않았지만 두 사람이 움직이는 작은 소음이 들렸던 것이다.

'함교에는 모두 4명이 있는 것이군!'

자신이 처리해야 하는 함교 승조원이 모두 4명이란 것을 알아낸 성환은 속으로 타이밍을 쟀다.

'하나, 둘, 셋!'

셋을 센 것과 동시에 함교의 문을 열고 안으로 들어선 성환은 함교 내에 있던 일본군을 향해 총을 쏘았다.

풋! 풋! 풋! 풋!

탕탕탕 화약이 터지는 소리가 아니라 성환이 쏜 총은 마치 바람이 빠지는 소리를 내며 발사되었다.

자신들의 침투가 발각되면 안 되기에 성환과 특별경호원들은 모두 소음기가 장착된 총을 소지하고 있었다.

일순간에 함교에 있던 일본군을 모두 처리한 성환은 쓰러진 일본군을 한쪽으로 쌓아 두고, 함교의 기기들을 살피기 시작했다.

탁! 탁! 탁!

꺼져 있던 레이더에 전원을 넣어 활성화 시켰다.

레이더가 활성화 되자 화면에 묘코 함을 기준으로 1000km 반경에 있는 함정이나 비행물체가 나타났다.

화면에 나타난 물체들은 모두 피아식별기(IFF: Identification Friend or Foe)를 통해 아군으로 표시가 되어 있었다.

성환은 그것을 보며 피아식별기를 꺼 버렸다.

만약 피아식별기를 켠 상태라면 미사일을 발사했을 때, 미사일이 목표를 아군으로 인식해 불발이 될 것이기 때문에 성환은 피아식별기를 꺼 버린 것이다.

묘코 함의 피아식별기를 끈 성환은 혹시나 싶은 마음에 또 다른 이지스 함인 아타고 함에 침투한 동진과 민욱에게 무전을 날렸다.

"여긴 티거! 미키와 도날드 나와라!"

작전에 들어가자 성환은 아까 전과 다르게 이름이 아닌 별명을 불렀다.

혹시나 자신들의 무전이 누군가에 의해 감청이 되었을 때 신분을 숨기기 위해서였다.

—미키 수신 완료!

—도날드 수신 완료!

두 사람이 나오자 성환은 누가 함교에 침투했는지 물었다.

"둘 중 누가 함교에 위치했나?"

성환의 물음에 동진이 대답을 했다.

—미키가 장악했음.

동진의 말에 성환은 아타고 함의 레이더에서 피아식별기를 끄라는 지시를 하였다.

"피아식별장치를 꺼라!"

성환의 명령에 동진이 대답을 했다.

—알겠습니다.

동진도 성환이 무엇 때문에 피아식별 장치를 끄라고 한 것인지 알고 있기에 신속하게 피아식별 장치를 껐다.

"아직 대기를 하고 있다가 11시 50분이 되면 미사일을 활성화 시키고 목표를 할당해라!"

—알겠습니다.

"표적들이 가까이 있으니 미사일을 다섯 발씩 발사하고, 나머지 미사일은 항모인 스사노오에 집중한다. 다른 것은 어찌 되어도 스사노오만큼은 무조건 침몰시켜야 한다."

—예, 잘 알겠습니다.

성환은 거듭해서 항공모함인 스사노오를 무조건 격침시켜야 한다는 말을 강조했다.

사실 해군뿐 아니라 일본 공군력도 한국으로써는 감당할 수 없는 존재였다.

일본의 많은 공군 전투기들이 일본에 항공모함이 도입되면서 해군항공대로 편입되었다.

또 함재기로는 노후화된 F—15J를 대체하기 위해 도입을 검토하던 F—35가 계속되는 설계결함으로 도입 비용이 날로 높아지자 일본은 과감하게 F—35의 도입 대수를 줄이고 대신 항공모함에서 사용하는 F/A—18E/F 슈퍼호넷으로 대체했다.

공군 조종사들이 해군 항공 대로 많이 편입돼 공군은 줄어든 조종사 때문에 많은 수의 최신형 전투기가 필요하지 않게 되었다.

물론 그렇다고 일본 공군의 전투력이 떨어진 것은 아니었다.

어차피 일본 공군은 애초에 해군을 보조하는 임무를 띠고 있었기에 해군에 조종사를 빼앗겼지만 뭐라고 할 수는 없었다.

더욱이 많은 조종사를 해군 항공대에 뺏겼지만 전력은 그리 줄어들지는 않았다.

노후된 F—15J 대신 최신 전투기인 F—35가 28대 도입되었기 때문이다.

숫자에서 부족하지만 스텔스 전투기인 F—35로 인해 더욱 다양한 전술을 펼칠 수 있었기에 주변국에 대한 공중 전력 우위를 취할 수 있어 공군도 불만을 갖진 않았다.

어차피 시간이 지나면 사관학교에서 조종사를 양성할 수 있을 테니 말이다.

아무튼 마이즈루에 있는 3함대나 마이즈루 함대의 이지스 함과 군함들을 파괴한다손 치더라도 항공모함이 살아 있다면 일본은 피해를 복구하기 위해서라도 더 빠르게 전쟁을 힐책할 수도 있었다.

한국은 일보의 공군 전력도 막을 수 없기 때문이다.

그러니 이참에 일본 해군 2함대와 3함대가 보유한 2척의 항공모함은 이참에 필히 침몰시켜야 하는 것이다.

차라리 이지스 함이 남아 살아남고 항공모함이 파괴되는 것이 일본이 전쟁을 힐책하는 것을 막을 수 있기 때문이다.

일본의 아마테라스 급 중형 항공모함은 함재기인 슈퍼호 넷을 48기를 실을 수 있었다.

이는 엄청난 전력이 아닐 수 없었다.

물론 항공모함이 단독으로 작전을 펼칠 수 없다는 것은 누구나 다 알고 있는 상식이다.

하지만 일본에는 2함대와 3함대가 없더라도 도쿄에 있는 1함대와 북해도에 있는 4함대가 남아 있다.

그리고 지방함대가 두 대나 더 있었다.

그러니 그 전력만으로도 충분히 웬만한 나라는 충분히 도 모할 수 있다.

성환은 일본이 현재 배수의 진을 치고 한국과 전쟁을 벌 이려 한다고 판단하고 있다.

동맹국에 테러를 하고 또 전쟁을 도모한다는 것은 정말로 멀쩡한 정신을 가지고 전쟁을 하려고 하진 않을 것이기 때 문이다.

그러니 이번 기회에 일본의 전력 중 절반을 날려 버리고 또 테러를 빌미로 미국과 UN을 통해 일본의 남은 전력을 더욱 줄일 생각이다.

물론 많은 외교적 노력을 기울여야 하겠지만 그것까지 자 신이 할 수는 없었다.

자신은 최대한 일본에 피해를 주고 남은 것은 대한민국

정부와 정치인들이 해야 하는 일이다.

물론 그들의 외교적 성과를 위해 물밑에서 도움은 주겠지만 자신이 모든 일에 나서서 밥을 먹여 줄 수는 없었다.

그리고 그것이 맞는 일이기 때문에 이번 일을 끝내고 몇 가지 도움은 줄지 모르지만, 더 이상 자신이나 KSS경호가 전면에 나서는 일은 없을 것이다.

물론 조국인 대한민국이 위기에 처한다면 모르겠지만 말이다.

아무튼 이번 작전의 핵심은 일본 해군이 보유한 이지스함도 이지스 함이지만 3척이나 되는 항공모함이다.

조만간 건조가 끝나고 시험 운항이 끝나면 일본은 4척의 항공모함을 가지게 된다.

그것만은 어떻게든 막아야 했다.

일본인들에게 강한 군사력이란 어린아이에게 보검을 쥐어 주는 것만큼이나 위험천만한 일이다.

그러니 주변국 특히 대한민국에게 일본은 예전 자위대 때가 딱 적당했다.

그때에도 일본은 중국이나 러시아의 팽창을 충분히 견제했으니 말이다.

6.
불타는 마이즈루

국군 정보사령부의 한 밀실에서 일단의 군인들이 긴장을 한 채 초조하게 무언가를 기다리고 있었다.

"최 대령! 연락 왔나?"

이기섭 육군 참모 총장은 육군본부가 있는 계룡대가 아닌 국군 정보사령부의 한 건물에 있으며 정보사령부 장교인 최세창 대령에게 질문을 하고 있었다.

이 자리에 있는 이들은 무언가 초조하게 기다리는 것이 무척이나 중요한 작전이 있는 것처럼 보였다.

그런데 참으로 이상한 것이 군의 작전이라면 이곳 정보사령부가 아니라 육군본부나, 특수전사령부(특전사)에 있어야 하는데 참으로 이상한 모습이었다.

하지만 이들이 정보사령부에 있는 것은 어쩌면 당연한 일로, 이들이 기다리는 소식은 다름 아니라 일본에 들어간 성환이 전해 올 소식을 듣기 위해서다.

성환과 유일하게 연결된 사람이 최세창 대령이기에 지금 모두의 시선이 세창에게 몰렸다.

자신에게 모든 사람의 시선이 몰리자 세창은 얼른 대답을 했다.

"아직 작전이 완료된 시점이 아니라 연락을 받지 못했습니다."

세창의 대답을 들은 이기섭 참모총장은 왼손에 차고 있는 손목시계를 들여다보았다.

시간은 막 자정을 가리키고 있었다.

'시작했겠군!'

시계를 보던 장군들은 모두 같은 생각을 하고 있었다.

사전에 성환이 자정에 일본 해군의 기지인 사세보와 마이즈루를 파괴하겠다는 내용을 알려 주었기 때문이다.

그리고 자신이 그런 작전을 할 때, 대한민국 군과 정부는 또 다른 일을 하기로 약속을 했었다.

대한민국 국군은 전시체제인 데프콘 2 상황을 발령하고, 휴전선은 물론, 전 방위적으로 작전을 펼치기로 했다.

이 상황은 일본에 원하는 만큼의 보상을 받을 때까지 유지하기로 했다.

그리고 대한민국 정부 또한 일본에서 변고가 벌어지면 주변국과 협상을 하여 일본을 최대한 압박하기로 약속을 했다.

그래야 일본이 해군기지에 테러를 당한 뒤 정신을 수습하기 전, 사건을 일으킨 자신들이 일본을 빠져나가는 것이 보다 안전하기 때문이었다.

이런 성환의 작전에 군은 물론이고, 대통령까지 좋은 생각이라 찬성을 했다.

대한민국이 일본이 벌인 테러로 얼마나 많은 피해를 입었는가?

더욱이 동맹국으로서 신뢰를 잃어버린 일본에 보복을 하는 것에 그치지 않고 보다 많은 피해보상을 받기 위해서는 어떤 일이라도 할 용의가 있었다.

그러했기에 성환의 제안대로 미국과 협상을 벌이기까지 하지 않았던가.

아무튼 이 자리에 있는 모인 사람들은 모두 일본에서 전해질 소식을 학수고대하고 있었다.

그런데 이곳에 모인 군인들 말고도 초조하게 일본에서 전해질 소식을 기대하고 있는 사람들이 또 있었다.

◆　　　◆　　　◆

　　청와대 대통령 집무실.

　　"김 실장! 아직 소식 없나?"

　　이미 업무 시간을 훌쩍 넘기 자정에 대통령은 비서실장인 김영민 실장에게 물었다.

　　"이미 업무 시간을 넘긴 시각이라 아무런 보고가 올라온 것이 없습니다. 그리고 보고가 온다고 해도 이 시간에 보고할 정도로 급한 일이 있겠습니까?"

　　김영민 실장은 아직 대통령이 물어본 취지를 깨닫지 못하고 일반적인 대답을 했다.

　　"음, 그것 말고 그것 있잖나!"

　　혹시나 도청의 우려가 있기에 대통령은 명확한 주제를 명시하지 않고 무언가 물었다.

　　그런 대통령의 물음에 그제야 김영민 실장도 대통령이 물어온 질문의 요점을 깨달았다.

　　"아직 올라온 보고 없습니다. 아마 결과가 나와 봐야 보고가 올라오지 않겠습니까?"

　　"그렇겠지? 그런데 왜 이렇게 초조해지지?"

　　대통령은 무언가를 간절히 기다리는 아이처럼 무척이나

초조한 모습을 보이며, 얼굴 표정 한편에는 무언가 열망을 담겨 있었다.

그도 그럴 것이 역사상 한국인으로서 일본 땅을 유린한 사람이 몇이나 될 것인가.

그것도 다른 것도 아닌 일본의 핵심 시설인 일본 해군의 2함대와 3함대의 기항을 파괴하는 것이다.

또 일본이 힐책하고 있는 전쟁을 억제하기 위해 벌이는 일이라 어떻게든 성공을 했으면 하는 바람을 담아 초조하게 기다렸다.

소식이 전해지길 초조하게 기다리는 대통령의 모습이 안 돼 보였는지 김영민 실장은 대통령에게 얼른 들어가 보라는 말을 하였다.

"각하! 그러지 마시고 일단 들어가 보시는 것이 어떻습니까? 내일 일정도 있으시고…… 연락이 오면 제가 바로 소식 전하겠습니다."

내일 공식 일정도 있으니 먼저 들어가 있으면 보고가 들어오자마자 바로 연락을 하겠다며 들어가 보라는 제안을 하였다.

하지만 대통령은 절대로 그럴 수 없다는 말을 하였다.

"아니야! 이대로는 들어가도 잠을 잘 수가 없을 것 같아, 그러니 그런 소리 하지 말게!"

대통령의 단호한 말에 김영민 실장도 할 수 없다는 표정을 지었다.

"알겠습니다."

이렇게 대한민국 대통령과, 서울 어딘가에 있는 정보사령부의 한 장소에서는 잠 못 이루는 장군들이 일본에서 전해질 소식을 눈 빠지게 기다리고 있었다.

그런데 이렇게 잠을 이루지 못하고 일본에서 벌어질 사건에 대한민국 대통령과 장군들 말고도 또 다른 무리도 일본에서 전해길 사고 소식을 기다리고 있었다.

◈　　◈　　◈

미국 워싱턴 D.C 1번지인 백악관.

백악관 대통령 집무실에서 미국의 안보를 책임지는 인물들이 모여 있었다.

"하워드 국장! 정말로 오늘 일본에 무슨 일이 있을 것이란 정보가 사실이오?"

데글라스 대통령의 질문에 존 하워드 CIA 국장은 조심스럽게 대답을 했다.

"예, 정보에 의하면 한국에서 저번 테러에 대한 보복을 하려고 특수부대가 파견되었다고 합니다."

존 하워드 CIA국장은 예전과 다르게 대통령에게 무척이나 조심을 하며 보고를 했다.

단 한 번의 실수로 그의 위치는 참으로 보기 안타까울 정도로 180도 바뀌어 있었다.

아니 지금 CIA국장 자리에 앉아 있는 것만 해도 다행일 정도로 그의 위상은 바뀌었다.

대상의 능력도 알아보지 않고 무턱대고 특작대를 움직였던 일 때문에 정말로 죽다 살아났다.

그에 대한 신임이 대단하지 않았다면 하워드 국장은 아마도 최악의 교도소라는 쿠바 관타나모 수용소에 끌려가 죽을 때까지 나오지 못했을 것이다.

그만큼 정부에 위험천만한 실수를 저질렀다.

아무튼 예전과 다르게 기를 펴지 못하는 하워드 국장은 이곳 안보회의장 안에서 최대한 낮은 자세를 보이고 있었다.

그렇지 않았다가는 자신의 정적들에게 어떻게 물어뜯길지 모르기 때문이다.

"정보가 확실하단 말이지?"

"그렇습니다. 일본에 파견나간 한국의 국정원 직원이 폭약을 구하는 것에 저희가 도움을 주며 빼낸 정보입니다."

그렇다 하워드 국장의 말대로 국정원 일본지부장인 최익

현은 성환과 특별경호원들이 사용할 폭탄을 구하기 위해 백 방으로 노력을 했다.

이때 도움을 받은 것이 바로 일본에 있는 CIA지부였다.

한국의 국정원도 때로는 필요에 의해 다른 나라의 정보부 와 공조를 하였다.

대체로 CIA의 요청이 있으면 국정원이 도움을 주는 정 도였는데, 이번에는 반대로 국정원의 요청으로 CIA에서 도움을 주었다.

성환이 필요로 하는 폭탄의 양이 현저히 모자란 분량이었 지만, 그래도 C4 200kg은 엄청난 량이 아닐 수 없었다.

아무리 CIA라고 하지만 한꺼번에 C4 1톤을 구하는 것 은 불가능한 일이었다.

군대도 아니고 또 일본에 무기 상인이 있는 것도 아닌데, 특별 관리 대상인 C4를 그것도 1톤을 구한다는 것은 말도 되지 않는 일이다.

CIA에서는 한국이 일본에 뭔가 일을 벌이려고 한다는 것을 깨닫고 일본에 주둔중인 미군을 통해 C4 200kg을 구해 주었다.

한국이 필요로 하는 양에 턱없이 부족한 양이지만 어쩔 수 없는 일이었다.

물론 CIA가 그만큼뿐이 준비하지 않은 것도 다 작전이었다.

남은 물량을 구하기 위해 한국이 움직이다 보면 어떤 정보가 더 흘러나올 것이기 때문에 일부러 그렇게 부족하게 구해 주기도 했다.

그리고 결과적으로 그런 생각은 맞았다.

한국이 일본인들에 의해 테러를 당한 것에 대한 보복을 준비한다는 것을 알게 되었고, 미국은 그런 정보를 가지고 한국과 협상을 해 많은 이득을 보았다.

물론 드러나게 이득을 본 것은 아니지만, 한국과 협상 과정에서 많은 것을 한국에 양보를 하는 것처럼 보이면서도 자신들의 계획대로 협상이 이루어졌던 것이다.

현대에는 모든 것이 돈과 연관이 있다.

정책을 꾸려 나가는 것에서부터 군대를 유지하는 것까지 모든 것이 돈이다.

그런데 이 돈을 모으는 것 중 가장 중요한 것은 막강한 군대도 아니고, 또 뛰어난 외교력도 아니다.

필요한 것은 정보였다.

정보만 있으면 돈은 저절로 벌리는 것이다.

아무리 하찮은 정보라 할지라도 언젠가는 그것이 큰 돈벌이가 된다.

한국과의 협상도 그렇다.

한국은 총리까지 나서서 협상을 벌이면서 많은 이득을 취한 것 같지만 사실은 아니었다.

그 정도는 얼마든지 양보할 수 있었다.

미국정부도 일본이 비밀리에 특수부대를 양성해 한국에 테러를 벌인 일로 그들이 절대로 믿을 수 있는 동맹은 아니란 것을 깨달은 때문이다.

물론 그런 일본이라도 미국의 대 아시아 정책을 위해선 꼭 필요한 존재였다.

그러니 중동의 어느 나라처럼 홀대할 수는 없었다.

그렇다면 미국의 입맛에 맞게 제단을 해야만 했다.

그 과정에서 미국은 절대로 앞에 나와선 안 된다.

그런 시점에서 미국과 동맹이면서 일본과 대립하고 있는 한국은 미국 입장에서 아주 적당한 나라였다.

더욱이 일본 못지않게 자신들의 말을 잘 듣는 한국이란 나라는 정말로 미국을 위해 존재하는 나라라 여겨질 정도다.

아무튼 자신들이 나서지 않아도 알아서 일본을 적당한 크기로 제단을 하려는 한국에 힘을 실어 주었다.

만약 한국의 시도가 성공을 한다면 미국은 2차 대전 이후 또 다른 경제성장기를 가지게 될 것이 분명했다.

한국이 IMF 때 불안정한 경제 상황으로 기업들을 헐값에 매각했던 것처럼 일본도 이번에 불안정한 정세로 인해 많은 기업들이 헐값에 매도할 것이다.

그 과정에서 미국은 싼값에 나온 우수한 일본기업들을 먹어 치우게 된다면 만성적인 무역적자를 끝내고 흑자로 돌아설 기반을 마련할 수 있다.

이런저런 계산을 하며 여러 기관에서 설계한 기안을 손 안 대고 마칠 수 있을 것이다.

동양에선 이런 것을 차도살인지계(借刀殺人之計)라 하였다.

"그들이 성공할 수 있을까?"

더글라스 대통령은 무언가 생각을 하더니 고개를 돌려 베이커 국방장관을 보았다.

베이커 장관은 대통령의 질문에 대답을 했다.

"이번에 일본에서 벌이는 일에 그들이 투입되었다고 들었습니다."

베이커 장관의 말을 들은 더글라스 대통령은 물론이고 안보회의에 참석한 이들의 눈이 커졌다.

그가 하는 그들이 누구를 지칭하는지 모두 알고 있었기 때문이다.

사실 이 자리에 앉아 있는 사람들은 한국에서 일본에 보복테러를 한다고 했을 때 가장 먼저 떠올린 인물이 바로 그들이었기 때문이다.

미국이 보유한 특수부대 그 어느 곳도 상대가 되지 않는다고 대답을 했던 바로 그 존재들 말이다.

생각해 보면 한국인들은 참으로 알 수 없는 인간이었다.

세계 최강이라 자부하던 미 해병대가 월남전에서 엄청난 피해를 입으며 실패를 했던 작전도, 한국군이 투입이 되면 만사형통이었다.

당시 신출귀몰하는 베트콩 때문에 밀림에서 얼마나 많은 미군들이 죽었는가.

하지만 한국군이 투입이 되자 그 일대에 퍼져 있던 베트콩들의 자취가 사라졌다.

정말로 귀신을 잡는 한국군이었다.

시간은 흐르고 최첨단 과학 무기를 갖춘 CIA 특작팀이 벌인 인질 사건에서 저들은 달랑 총 한 자루 가지고 그들을 제압했다.

밖으로는 알 수 없는 테러단체가 정치적 목적을 위해 지방의 학교를 테러한 것으로 발표를 했지만, 당시 테러범은 CIA 내에서도 비밀로 되어 있는 특수팀이었다.

그들이 일개 경호회사 직원들에게 제압이 되었으니 얼마나 기가 막힌 일인가?

그 때문에라도 그들의 존재는 이 자리에 있는 미국의 안보를 책임지는 사람이라면 꼭 기억해야 할 존재로 기억되었다.

그런데 지금 국방부 장관의 입에서 그들의 존재가 언급되었다.

만약 그 말이 사실이라면 이번 한국이 벌이는 작전은 100% 성공을 한다고 봐야 했다.

"그게 정말인가?"

"그렇습니다. 한국에 있는 비선으로부터 들어온 정보입니다."

대통령의 물음에 베이커 장관은 단호하게 대답을 했다.

자신이 들은 정보다 확실하다는 것을 이 자리에 있는 사람들에게 알린 것이다.

"허허, 그럼 우린 그저 결과만 기다렸다가 계획한 대로 움직이면 되는 것이군!"

"그렇습니다. 아마도 일본에게 상당한 피해를 입힐 것으로 판단이 됩니다."

"그럼 일본이 그들에게 어느 정도나 피해를 입을 것인지 생각을 해 보았나?"

대통령의 말에 하워드 국장이 얼른 대답을 했다.

"이것은 저희가 예상을 해 본 피해 규모입니다."

하워드 국장은 자리에서 일어나 준비된 서류를 회의장에

돌렸다.

국장이 돌린 서류철에는 자신들이 수집한 KSS경호의 특별경호팀의 경호원 숫자와, 그들이 할 수 있는 작전과 준비된 폭탄의 량 등을 고려한 그들이 일본에 줄 수 있는 최대의 피해 정도를 계산한 도표가 들어 있었다.

한참 그것을 들여다보던 베이커 장관이 물었다.

"여기 보면 너무 편차가 심한데 어떻게 도출된 것이오?"

확실히 하워드 국장이 넘긴 자료에는 편차가 너무 심했다.

그건 그들이 넘기 폭탄의 수량에서부터, 성환과 특별경호원들이 일본군부대에 침투해 폭탄을 탈취해 사용하는 것까지 폭넓게 고려를 했기 때문이다.

"그건 어쩔 수 없습니다. 그들이 저희가 구해 준 폭탄만으로 작전을 수행하고 빠져나온다면 거기 적힌 것처럼 일본에 있는 일본군부대의 몇 군대 피해를 주는 것으로 그칠 것입니다. 하지만……."

하워드 국장의 설명이 계속될수록 안보회의장에 있는 사람들의 고개가 끄덕여졌다.

그들도 하워드 국장의 주장을 못 알아듣는 것은 아니었다.

하지만 그렇다고 해도 예상 범위가 너무도 넓었다.

그 말은 앞으로 미국이 정책을 계획할 때 어느 선에 맞춰 정책을 추진할 것인지 애매했기 때문이다.

"제 생각에는 그들이 마이즈루에 있는 일본군 3함대를 목표했을 것 같습니다."

베이커 장관의 옆자리에 있던 제임스 원수가 대답을 했다.

그는 성환에 대한 조사를 하면서 그가 자신의 나라에 대한 걱정이 많다는 것을 깨달았다.

그 말은 일본이 한국에 위협이 되고 또 일본이 한국에 전쟁을 하려고 한다는 것을 알고 있다면 현재 한국에 가장 위협이 되는 존재를 지우려 할 것이란 생각을 하게 되었다.

"아마 그도 일본이 테러를 한 이유가 전쟁을 준비하는 초기 단계란 것을 알고 있을 것입니다. 그러니 한국에 가장 위협이 되는 세력인 일본 3함대가 있는 마이즈루 항을 파괴할 것으로 보입니다."

제임스 듀한 원수의 말을 들은 사람들은 모두 고개를 끄덕였다.

그만큼 그의 말이 설득력이 있었기 때문이다.

"그렇고 보니 그가 머물고 있는 오사카와 마이즈루가 무척이나 가깝습니다."

듀한 원수의 말이 끝나기 무섭게 하워드 국장이 성환이

머물고 있는 오사카와 조금 전 듀한 원수가 말한 마이즈루가 무척이나 가까운 곳이란 것을 상기했다.

안보회의에 참석한 사람들은 그제야 일본이 어느 정도 피해를 입을 것인지 예상이 되었다.

확실히 마이즈루에 있는 3함대가 피해를 입게 된다면 일본은 함부로 한국과 전쟁을 벌이지 못할 것이 분명했다.

비록 세 척의 함대와 두 척의 지방함대가 남아 있다고 하지만, 그것만으로 중국과 러시아를 견제하면서 한국을 도모하기 어려웠다.

하지만 이 자리에 있는 사람들은 아무도 성환이 3함대뿐 아리나 2함대까지 동시에 목표했다는 것은 예상하지 못했다.

성환이 예상하는 것과 이들이 예상하고 있는 구상이 조금은 다르기 때문이었다.

비록 미국은 일본의 군사력이 미국에 이어 2위를 차지하고 있다고 하지만 그건 숫자상의 문제.

미국에는 크게 위협이 되는 수치가 아닌 것이다.

아니, 미국의 전력은 전 세계가 연합을 한다고 해도 충분히 감당할 수 있는 정도다.

그러니 미국은 한국과 협상을 벌일 때 한국이 과욕을 부린다 생각을 하면서도 일본에 어느 정도 전력 공백을 일으

커 일본이 망종하지 못하게 만들면 충분하다는 생각으로 한
국의 손을 들어 준 것이다.

그런데 한국과 성환은 정말로 자신들이 말했던 것처럼 일
본의 전력이 예전 자위대 시절 정도로 떨어뜨리는 것이 목
적이었다.

이런 예상을 하지 못하는 미국으로써 이것이 이득이 될지
아니면 손해가 될지는 두고 봐야 할 일이었다.

◈　　◈　　◈

―알파1, 여기는 알파2, 작전완료 C―3지점으로 이동
함.

무기고와 유류 창고로 간 고재환으로부터 무전이 날아왔
다.

그들은 작전을 완료하고 퇴각 지점으로 이동을 한다는 무
전을 날린 것이다.

이제는 자신들만 임무를 완수하면 되는 일이었다.

성환은 시간을 확인했다.

11시 48분. 2분 뒷면 함에 있는 미사일을 세팅해야 한
다.

째깍째깍 분명 전자식 시계인데 성환의 뇌리에는 마치 아

날로그 시계마냥 기어가 돌아가는 소리가 들리는 듯했다.

시간이 11시 50분을 가리키자 성환은 동진과 민욱에게 지시를 내렸다.

"미키! 도널드! 목표를 입력해라!"

성환은 동진과 민욱에게 지시를 하고 자신도 묘코 함의 함대함미사일에 목표 설정을 하기 시작했다.

일곱 척의 순양함과 구축함에 목표를 설정하고, 미사일을 분배했다.

그리고 남은 미사일은 모두 마이즈루만 한가운데 떠 있는 항모 스사노오에 할당하였다.

성환은 미사일을 분배하면서 자신도 모르게 저 심층 밑에서 피어오르는 알 수 없는 흥분을 느꼈다.

아마도 피 속에 깊이 녹아 있는 한민족의 한(恨) 같은 것이 잠자고 있다가 일본을 응징한다는 것에 깨어나는 듯했다.

"음, 이게 무슨 느낌이지?"

탁탁, 타타탁!

알 수 없는 기분에 잠시 중얼거렸지만 손은 계속해서 움직이며 자판을 두들겼다.

모든 미사일 세팅을 마치고 약속된 시간에 발사만 하면 되었다.

그런데 이때 생각지도 못했던 상황이 발생했다.

치직!

—여기는 스사노오 부함장 미야모토 다무라 일등해좌다!

갑자기 스피커에서 무전이 들렸다.

성환은 예상하지 못한 상황에 잠시 당황했다.

—묘코! 묘코! 무슨 일인가? 무슨 일인데 미사일을 가동하는 것인가?

'제길! 어떻게 알았지?'

성환은 스사노오의 부함장인 미야모토 다무라의 무전을 듣고 그제야 상황을 짐작했다.

자신이 입력한 미사일의 표적으로 스사노오를 입력하자 스사노오의 미사일 경보기[MWS]가 울린 것이었다.

아직 약속된 시간이 3분이나 남았는데, 벌써 들킨 것이다.

"들켰다. 바로 발사해!"

성환은 자신들의 작전이 발각되었다는 것을 깨닫자 바로 동진과 민욱에게 무전을 날렸다.

"병수는 바로 퇴함해서 약속 장소로 가라!"

—알겠습니다.

—알겠습니다.

동진과 민욱에게서 무전이 날아오고 성환은 병수의 무전

을 기다리지 않고 바로 미사일 발사 버튼을 눌렀다.

우웅!

90식 대함미사일의 해치가 열리고 대함미사일이 하늘 높이 날아올랐다.

성환은 그에 그치지 않고 부족한 대함미사일 대신 대잠미사일도 발사를 하였다.

90셀이나 되는 대잠 미사일은 순서대로 마이즈루에 정박한 군함들에 순차적으로 날아갔다.

슈웅! 슈웅!

쾅! 쾅!

갑자기 날아든 미사일로 인해 마이즈루에 정박했던 군함들은 날벼락을 맞고 말았다.

특히나 대함미사일을 가까운 곳에서 맞은 순양함과 구축함들은 손쓸 사이도 없이 바로 침몰하고 말았다.

그리고 그런 운명은 일본이 야심차게 건조한 5만 톤급 중형 항공모함 스사노오라고 피해 갈 수 없었다.

스사노오는 묘코에서 발사한 미사일 외에도 아타고에서 발사한 미사일까지 맞고 마이즈루만에 수장이 되고 말았다.

그런데 일본 3함대 기항인 마이즈루는 이런 엄청난 사건이 터졌는데 신속하게 대처를 하지 못하고 있었다.

그저 비상 사이렌만 요란하게 울리고 있을 뿐이었다.

그도 그럴 것이 3함대 본부에서는 한 번도 이런 상황에 대한 훈련을 해 본 적이 없었으며, 일본 해군에는 이와 비슷한 상황에 대한 매뉴얼이 없어 어느 누구도 지금 상황에서 적절한 대처를 하지 못하고 있는 것이었다.

쾅!

요란하게 미사일을 발사하던 묘코 함이 커다란 폭음과 함께 절단이 나고 말았다.

절단 난 묘코 함은 순식간에 물속으로 침몰했다.

한편 성환은 미사일 버튼을 누름과 동시에 함교를 빠져나와 바다로 뛰어들었다.

한순간이라도 지체했다가는 묘코와 함께 바다에 수장될 수도 있기 때문이었다.

성환이 바다로 뛰어든 뒤에도 묘코는 병수가 설치한 폭탄이 터져 동강이 나기 전까지 가지고 있는 미사일을 계속해서 발사를 하였다.

목표가 미사일에 맞아 폭침을 한 뒤에도 참몰하기 전까지 무작위로 발사를 하여 마이즈루 항 여기저기를 파괴하였다.

◈　　◈　　◈

쾅!

약속 장소에 대기를 하고 있던 고재환은 아직 시간이 3분이나 남아 있는데, 폭발하는 소리가 들리자 깜짝 놀랐다.

"이게 어떻게 된 일이지?"

슈슈슈웅!

쾅! 쾅! 쾅!

늦은 시각 군함에서 발사되는 미사일의 모습은 무척이나 장관이었다.

하지만 발사된 미사일이 만들어 내는 모습은 결코 아름답지 않았다.

고재환이 이런 생각을 하고 있을 때, 갑자기 그들이 있는 앞 바다에서 무언가 커다란 물체가 떠올랐다.

촤아!

갑작스런 상황에 고재환과 방만수, 김한수는 소리가 난 쪽으로 총을 겨눴다.

하지만 겨눈 총은 발사되지 않고 바로 내려졌다.

그들이 총을 치운 이유는 바로 물속에서 나온 사람의 정체가 자신들의 동료인 동진과 민욱이었기 때문이다.

두 사람이 이렇게 빠르게 이들과 합류한 것은 이들이 담당한 아타고 함과 마이즈루 함대에 배속된 이지스 함이 퇴로에 인접해 있었기 때문이다.

민욱과 동진이 도착하고 2분이 지나서 병수가 도착을

했다.

그런데 병수가 도착한지 5분이 지났지만 성환은 나타나지 않았다.

"티거! 티거, 나와라! 이상!"

재환은 약속돼 시간이 되었는데 성환이 도착하지 않자 성환을 호출했다.

—먼저 빠져나가라! 난 아직 할 일이 남아 있다.

재환의 무전에 나라온 성환의 대답은 이들에게 먼저 빠져나가라는 말이었다.

"그게 무슨 말씀입니까? 사전에 그런 말씀은 없었지 않습니까!"

작전에 들어가기 전 성환에게 그런 말을 들은 기억이 없는 재환은 화를 내듯 소리쳤다.

하지만 성환은 일본에 오기 전부터 생각하던 것이 있었기에 이번 기회에 그 일을 마무리 지으려는 것이었다.

비록 3분 일찍 작전이 일본군에 의해 발각이 되었지만 작전은 생각보다 성공적이었다.

현재 마이즈루 항은 불바다가 되어 있었다.

항구에 떠 있는 군함은 하나도 보이지 않았고, 침몰했거나 침몰하고 있었다.

일본 3함대 본부는 늦은 밤 자다 깬 장병들로 소란스러웠지만, 어느 누구도 이번 사태를 수습하지 못하고 자신들의 함정이 물속으로 가라앉는 것을 지켜볼 뿐이었다.

그런데 이때 커다란 굉음이 울리고 연이어 마치 지진이라도 난 것처럼 땅이 흔들렸다.

쾅!

방금 전 울린 커다란 굉음은 바로 고재환이 무기고에 설치한 폭탄이 터진 것이었다.

원래 성환이 세운 계획은 최초 유류 창고가 폭발해 커다란 불이 나면 그것을 끄기 위해 일본군이 이동을 할 시점에서 이지스 함에 침투했던 사람들이 항구에 정박해 있는 군함들에 미사일을 발사하고 퇴각하는 것이다.

그렇게 이중으로 혼란을 가중시키고 마지막으로 무기고가 대폭발을 하는 것으로 계획을 마무리하는 것이었는데, 계획보다 일찍 들키는 바람에 계획이 꼬이고 말았다.

하지만 이것도 그런대로 괜찮았다.

비록 순서는 바뀌었지만 일본군은 현재 공황상태에 빠져 후속조치를 생각지 못하고 있었다.

화재를 진압하든지 아니면 퇴로를 차단해 범인이 부대를 빠져나가지 못하게 해야 함에도 불구하고, 그저 물끄러미 자신들의 함정이 바다 속으로 침몰하는 것과 유류창고와 무기고가 불타고 폭발하는 모습을 그저 지켜볼 뿐이었다.

무기고는 현재 불꽃과 함께 아직도 폭발을 하는 중이다.

함포의 포탄은 물론이고, 각 함정에 들어가는 어뢰와 미사일 등이 아직도 열기에 유폭이 되고 있어 함부로 다가갈 수가 없었다.

그리고 유류 창고 또한 비슷한 이유로 접근을 하지 못하고 있는데, 함정과 부대에서 쓰는 유류가 가득 쌓여 있는 곳에서 큰 폭발과 함께 기름에 불이 붙었다.

불은 쌓여 있는 기름 때문에 더욱 크게 번지고 있어 까딱 잘못했다가는 마이즈루 항구뿐 아니라 시내까지 번질 위험이 있었다.

애앵! 애앵!

뒤늦게 사이렌이 울리기 시작했다.

사이렌이 울리고 그제야 정신을 차린 군인들이 바쁘게 움직이기 시작했다.

여기저기서 고함 소리가 들리고 그에 맞춰 군인들이 명령에 따라 불을 끄기 위해 소화기를 들고 뛰거나, 또 일부는 무장을 하고 초소로 뛰기 시작했다.

하지만 마이즈루에서 일을 벌인 특별경호 1팀은 성환의 명령대로 준비된 탈출 장비를 가지고 바다 속으로 사라졌다.

한편 미사일을 발사하고 바다 속으로 뛰어든 성환은 약속

장소로 헤엄을 치다 말고 방향을 틀었다.

'이대로 피해를 줬다고 그놈들이 전쟁을 그만두려고 하진 않을 것이야!'

성환은 물속을 헤엄치면서 그렇게 생각했다.

한국에 테러를 지시하고 또 전쟁을 준비한 일본의 수뇌부를 제거하지 않는 이상 일본의 전쟁 의지를 꺾을 수 없다고 말이다.

이미 정권은 우익에 넘어간 지 오래.

잠깐 우익이 아닌 정권이 중간에 들어서긴 하였지만 경제 정책 실패로 금방 물러나고 말았다.

그리고 들어선 정권은 일본의 경제 정책 실패의 원인을 한국으로 돌리며 일본 경제 육성책을 내놓았다.

이른바 노믹스라는 정책으로 무너진 일본경제를 활성화 시키려 하였다.

높아진 엔화의 가지를 떨어뜨리고자 엔화를 무수히 찍어냄으로써 엔화 가치를 내려 수출을 활성화 시킨다는 전략이다.

정책 발표 초기 이 정책이 먹히는 듯했지만, 시간이 지나면서 경제 부흥 보다는 물가 가치만 높아져 인플레이션 현상이 일어났다.

그런데 여기서 웃긴 것은 일본은 이런 총리의 정책 실패를 인접 국가인 한국에 그 실패의 원인 찾으려 했다는 사실이다.

그러니 한국인인 성환으로서는 일본의 정치인 특히나 우익 정치인들을 좋게 봐 줄 수 없었다.

자신이 잘못한 것을 떳떳하게 밝히지 못하고 오히려 엄한 곳에 화풀이 하려는 일본의 이기주의를 참을 수가 없는 것이다.

그래서 이참에 확실하게 본보기를 보일 필요가 있었다.

결코 한국이 힘이 없어 그동안 일본의 망언을 듣고 있던 것이 아니란 사실을 말이다.

일본의 정치인들은 마치 기계가 정해진 프로그램대로 정해진 공정을 마치듯 때가 되면 망언을 쏟아 냈다.

역사교과서 선정으로 주변국에 물의를 범하고, 또 전범들을 기리는 신사참배를 하는가 하면, 2차 대전 당시 벌였던 비 인류적 범죄를 미화를 하기도 하고, 또 피해자들을 매도하는 행위를 일삼았다.

이런 행위들을 더 이상 보고만 있는 것은 미덕이 아니라 굴욕적인 일이다.

일부 정치인들이 한일관계를 들어 참아야 한다고 호도를 하지만, 이건 더 이상 참을 일이 아니다.

누군가 나서서 해결을 하고, 만약 일본이 끝까지 오리발을 내밀며 반성을 하지 않을 때에는 그만한 대가를 치르게 해 줘야 하는 것이 옳은 일이다.

동맹이고 더불어 가는 관계인데 그렇게 한쪽을 무시한다면 어떻게 더불어 갈 수 있고 그런 주장을 수용한다는 말인가.

성환은 그래서 함께 탈출을 하는 것이 아니라 혼자 남아, 한국에 테러를 지시한 일본 총리와 정부 관료들을 처단할 생각이었다.

그리고 그 후속 조치로 다시는 일본에 우익이 설치지 못하게 만들 생각이다.

◈　　◈　　◈

성환과 특별경호 1팀이 마이즈루에서 작전을 성공적으로 펼치고 있을 때, 사세보에서 작전을 펼치는 2팀은 처음 계획과 다르게 절반의 성과에 그치고 말았다.

그들의 성과가 1팀보다 못 미치는 이유는 다름이 아니라 모항에 모두 정박했던 3함대와 다르게 사세보를 기항으로 하는 2함대는 일부 함정이 외부에 나가 있었기 때문이다.

2팀에게 가장 중요한 목표였던 항공모함 이나리는 임무교대를 한 사세보 함대와 함께 오키나와 근해에 나가 있었다.

원래는 2함대가 센카쿠 열도를 초계하는 임무를 마치고 돌아오면서 이나리도 함께 사세보로 돌아와야 했지만, 현재 중국과 영토분쟁을 하고 있는 센카쿠 열도다.

그런 센카쿠에 사세보함대만으로는 화력이 부족하다고 판단된 일본 해군은 부족한 화력을 채워 줄 존재로 항공모함 이나리를 선택했다.

이나리의 함재기를 이용한다면 센카쿠에 가까이 가지 않더라도 충분히 초계임무가 가능하기 때문이다.

해상은 사세보 함대가 책임지고, 공중은 항모에 탑재된 전투기로 충분히 대응 가능하기 때문에 나온 전략이다.

이 때문에 사세보 항에 잠입한 2팀은 2함대 전력의 반에 해당하는 항모 이나리를 파괴하지 못하고, 2함대에 속한 군함과 주변 시설을 파괴하는 것으로 만족하게 되었다.

물론 그 때문인지 시설 파괴는 1팀보다 더 꼼꼼하게 파괴를 하였다.

7.
인과응보(因果應報)

고재환 전무에게 특별경호원과 함께 한국으로 돌아가라는 명령을 하고 홀로 떨어진 성환은 불타고 파괴된 마이즈루 3함대 기항을 내려다보았다.

　묘코 함에서 보았던 3함대의 군함들의 모습은 이미 물속으로 가라앉았는지 보이지 않았다.

　다만 유일하게 아직까지 남아 있는 것이라고는 배수량 5만 톤의 항공모함 스사노오와 몇몇 수송함 정도였다.

　하지만 그런 수송함도 점점 기울어지고 있었다.

　성환이 탈출하기 전 마지막으로 발사한 대함미사일 중 몇 발을 맞았는지 수송선들도 점점 기울어 바다 속으로 가라앉고 있었다.

사실 3함대는 너무도 방심을 했기에 이런 피해를 입은 것이다.

아무리 마이즈루가 자신들의 모항이라 하지만, 일직을 서는 승조원 몇 명만 남기고 모두 하선을 했다는 것은 그들이 얼마나 기강이 해이했는지 알 수 있었다.

더욱이 미사일이 표적이 되었을 당시 반응을 했던 것은 항공모함인 스사노오뿐이었다.

그만큼 일본 해군이 아직 군으로 승격된 지 몇 년 되지 않아서 그런지 이런 방면으로는 군기가 한국군에 미치지 못했다.

물론 그것이 성환과 특별경호팀에게는 호재로 작용을 했지만 말이다.

'이제 가 볼까?'

성환은 불타는 마이즈루를 보다 자리를 떠났다.

한참을 달린 성환이 멈춰 선 곳은 시로야초였다.

작은 농촌마을인 시로야초에 들어가기 전 산에 비트를 만들어 그 안에 아머슈트를 숨겼다.

아머슈트에는 무선송신기가 있어 나중에 찾을 수 있었다.

슈트를 숨기고 마을로 들어선 성환은 아무리 이곳이 시골 마을이라고 하지만 방심을 한 것은 아니다.

산에서 내려오면서 내공을 이용해 얼굴을 변형했다.

흔히 볼 수 있는 일본인의 얼굴을 만들어 움직였다.

늦은 시간 산에서 내려온 것을 의심할 수도 있지만, 아직 이곳까지 마이즈루에서 벌어진 변고가 전해지지 않았는지 이곳은 무척이나 조용했다.

시골 마을이 그렇듯 자정이 넘은 시간이나 마을에는 사람의 그림자가 보이지 않았다.

천천히 마치 산책이라도 하듯 마을을 거닐던 성환은 정류장에 도착하자 정류장 전화 부스에 있는 택시회사의 전화번호를 보고 콜을 불렀다.

콜을 부른 지 10분쯤 지나자 정류장으로 들어오는 택시의 불빛이 보였다.

택시를 보며 손을 흔들어 자신의 모습을 보인 성환은 택시가 자신의 앞에 멈추자 얼른 올라탔다.

"교토로 갑시다."

성환은 택시에 타자마자 목적지를 교토라 하였다.

"손님, 교토까지 가려면 요금을 2배를 내야 합니다. 그것 보다는 마이즈루에서 열차를 타시는 것이 더 저렴하고 편하게 가실 수 있습니다."

택시 운전기사는 성환이 교토 행을 요구하자 친절하게 교토로 사고 편하게 갈 수 있는 교통편을 알려 주었다.

그도 그럴 것이 궁벽한 시로야초에서 교토까지는 엄청난 거리였다.

하지만 성환은 운전기사의 이야기를 들었지만 자신이 급하다는 말로 거절했다.

"제가 급하게 교토로 가야 해서 그러니, 그냥 갑시다."

손님인 성환이 거절을 하자 운전기사는 미소를 지으며 대답을 했다.

"알겠습니다. 그럼 안전벨트를 매 주십시오."

사실 시외손님이기 때문에 택시기사에게는 이보다 좋을 수는 없었다.

다만 서비스 정신으로 무장된 일본의 택시기사이다 보니 본능적으로 교토로 편리하게 갈 수 있는 방법을 설명한 것뿐이었다.

요즘과 같은 시절에 늦은 시각 시외 손님은 택시기사에게 감음에 단비와 같은 존재다.

오랜만에 장거리 손님을 태우게 된 운전기사는 입가에 미소를 그리며 출발을 하였다.

◈　　◈　　◈

국군 정보사령부의 한 회의실이 분주해지기 시작했다.

자정이 넘은 시각이지만 그곳만은 무언가 알 수 없는 열망으로 후끈 달아올라 있었다.

똑똑! 털컹!

"충성!"

노크 소리와 함께 회의실 문이 열리고 일직사관이 들어와 경례하는 소리가 들렸다.

순식간에 실내에 있던 사람들의 시선이 일직사관에게 쏠렸다.

밤하늘에 별이 떠 있듯 이곳 회의실에도 엄청난 수의 별들이 반짝이고 있었다.

그런 모습에 일직사관은 보고를 하러 왔지만 당황해 어떤 보고도 하지 못하고 얼어붙었다.

"무슨 일이지?"

얼어 있는 사관의 모습에 최세창 대령이 자리에서 일어나 그의 곁으로 가며 물었다.

문에서 가장 가까이 있기도 했지만, 현재 실내에 있는 군인들 중 가장 계급이 낮은 사람이 바로 최세창이었다.

한편 세창의 질문에 그제야 정신을 차린 일직사관은 얼른 들고 있던 전문을 세창에 넘겼다.

"긴급으로 전해진 전문입니다."

긴급 전문이란 소리에 최세창은 얼른 손에 들린 전문을

확인했다.

일급보안

전문 상단에 일급보안이란 문구가 보였다.

하지만 그 밑으로는 의미를 알 수 없는 글과 알파벳 그리고 숫자가 무작위로 적혀 있었다.

알 수 없는 숫자와 글 그리고 기호 등이 혼잡하게 적혀 있는 10장에 달하는 전문을 본 최세창은 고개를 들어 일직 사관에 돌아가도 된다는 말을 하였다.

"그만 돌아가도록! 그리고 오늘 이 일은 비밀이다. 죽는 순간까지 침묵을 지키도록!"

최세창 대령은 일직사관의 눈을 직시하며 방금 전한 전문에 관해선 비밀을 지키라는 말을 하였다.

정보사령부에 근무하는 사관이다 보니 그도 최세창 대령의 말이 어떤 의미인지 누구보다 잘 알았다.

"이상 무! 계속 순찰을 돌겠습니다."

"좋아! 계속 수고하도록!"

"충성!"

"충성!"

일직사관은 마치 방금 전 전문을 전달한 것은 없었던 일인 듯, 행동을 하였다.

마치 순찰도 중 상관을 만난 것처럼 최세창 대령에게 경례를 하고 돌아선 것이다.

그는 실내에 있는 장군들의 모습은 보이지도 않는다는 듯 조금 전 최세창 대령의 말대로 현재 자신이 본 모든 것을 현실이 아닌 것처럼 생각을 하고 행동했다.

너무도 이상한 모습이지만 실내에 있는 장군들 어느 누구도 그런 최세창 대령의 말이나 일직사관의 모습에 관여를 하지 않았다.

사실 육군본부에 있어야 아니 일과가 끝났으니 모두 자신들의 관사로 돌아갔어야 할 사람들이 이곳 국군 정보사령부의 깊은 곳에 모여 있는 것은 비밀이었다.

만약 대한민국 육군을 이끌어 가는 장군들이 한 자리에 모여 있다는 것을 북한군이 알게 된다면 어떤 일이 벌어질지 모를 일이기 때문이다.

물론 그곳에 미사일을 쏘거나 하지는 않겠지만, 만약 이들의 회동을 사전에 알게 된다면 암살을 하기 위해 간첩을 보낼지도 모를 일이었다.

아니, 북한이 아니더라도 어쩌면 일본에서 암살자를 보낼 수도 있는 일이었다.

이미 일본은 대규모로 대한민국에 테러범들을 보내지 않

았는가?

더욱이 그들은 동맹국인 대한민국과 전쟁을 준비하고 있었다는 정보가 속속 들어오고 있어 만약 대한민국 핵심전력인 육군을 무력화 시킬 수 있는 상황이 벌어진다면 그곳에 테러를 감행할지도 몰랐다.

최세창 대령이 일직사관이 전한 전문을 가지고 자리에 앉았다.

장군들의 시선이 전문에 몰렸지만 전문을 들여다보던 장군들의 눈가가 찡그려졌다.

아무리 봐도 알 수가 없었기 때문이다.

이 자리에 있는 장군들은 오랜 세월 군에 있으면서 암호 해독 정도는 한두 차례 배웠다.

일부는 이곳 정보사령부를 거쳐 가기도 했다.

하지만 지금 최세창 대령이 보고 있는 암호문은 한 번도 본 적이 없는 새로운 형태의 암호 체계였다.

한참을 비밀 전문을 살피던 최세창은 빈 종이에 무언가를 열심히 적기 시작했다.

그렇게 얼마나 시간이 흘렀을까?

최세창은 자신이 완성한 해독된 전문을 읽어 보았다.

그리고 전문의 내용을 확인하는 순간 눈을 크게 뜨고 말았다.

'헐, 어떻게 이런 일이!'

정말이지 최세창은 성환과 특별경호팀이 이뤄 낸 성과를 보고 경악을 금치 못했다.

그런데 전문을 보며 놀라고 있는 최세창 대령을 주시하고 있던 장군들은 도대체 전문의 내용이 무엇이기에 최세창 대령이 저리 놀라고 있는 것인지 궁금해 미칠 지경이었다.

결국 참다못한 장군 한 명이 소리쳤다.

"최 대령! 도대체 전문에 뭐라 쓰여 있기에 그렇게 놀라고 있는 것인가?"

"아! 죄송합니다."

최세창은 자신을 부르는 상관의 물음에 그제야 정신을 차리고 이기섭 참모총장에게 전문을 넘겼다.

전문을 넘기며 최세창은 얼른 전문의 내용에 관해 장군들에게 설명을 했다.

"방금 전 전해진 전문은 저희가 기다리던 소식입니다."

기다리던 소식이란 말에 장군들의 눈이 커졌다.

"전 특수전 교관인 정 대령에게서 온 것으로 일본의 마이즈루에 있는 3함대와 마이즈루 함대 완파, 항모 스사노오 격침이라고 합니다. 그리고 사세보에 있던 2함대도 거의 대부분의 군함들을 파괴했다고 합니다. 다만 2함대에 소속된 항공모함 이나리는 사세보 함대가 센카쿠 열도로 초계

임무를 받아 2함대와 교대하는 시점에서 화력 지원을 하기 위해 출동한 관계로 파괴하지 못했다 합니다."

이거섭 참모총장은 물론이고 자리에 있던 장군들은 최세창 대령의 말에 입이 쩍 벌어지고 말았다.

너무도 엄청난 소식을 듣다 보니 너무 기가 막혀 할 말을 잊은 것이다.

"그, 그 말이 사실인가?"

장군 중 한 명은 최세창 대령의 보고가 도저히 믿기지 않아 물어 오기까지 했다.

"예, 전문의 내용을 해석한 것에 한 치의 오차도 없습니다. 전문의 안에는 그렇게 적혀 있었습니다."

도저히 믿을 수 없다는 반응을 보이는 장군들의 모습을 보는 최세창도 속으로 같은 생각을 하고 있었다.

자신의 입으로 말을 하기는 했지만, 겨우 13명으로 그런 엄청난 성과를 보인 성환과 특별경호팀의 능력에 경악을 금치 못했다.

아니 그러하겠는가? 막말로 13명이 낙후된 후진국의 군대도 아니고 이제는 명실상부하게 세계 2위의 군사력을 가진 일본의 핵심 전력인 해군의 3개 함대를 완파 시켰다는 것이 믿을 수 있는 일인가 말이다.

그중에는 자국이 한 척도 보유하지 못한 항공모함까지 끼여 있지 않은가?

사실 일본이 항공모함을 건조한다고 발표를 했을 때, 대한민국 해군도 무척이나 항공모함을 원했다.

일본 해군과 수시로 충돌을 하는 대한민국 해군으로서는 항공모함이 절실히 필요했다.

독도를 둘러싼 일본의 도발은 날이 갈수록 도가 지나쳐 가고 있었기 때문에 유사시 해군 함정보다 빠르게 공군이 날아가야 하는데, 사실상 대한민국에는 독도 상공에서 장시간 전투를 할 수 있는 전투기가 없었다.

대한민국 공군이 보유한 전투기 중에서 가장 작전 반경이 큰 F—15K라 할지라도 독도 상공에서 작전을 펼칠 수 없었다.

물론 기체 외부에 추가 연료통을 장착한다면 독도 상공에서 작전이 가능해지기는 하지만, 그렇게 되면 F—15K만의 장점을 포기해야만 한다.

더욱이 그렇게 보조 연료통을 달았다 해도 장시간 작전을 할 수 있는 것도 아니다.

그렇기 때문에 해군에서는 다양한 전략을 세울 수 있게 항공모함을 요구했다.

하지만 무엇 때문인지 대한민국 국회는 해군의 요청을 수락하지 않았다.

국방 예산이 너무 많이 편성되었다는 말과, 굳이 동맹인 일본과 군비 경쟁을 할 필요가 있냐는 말도 되지 않는 말들을 하며 거부했던 것이다.

이 때문에 한때 군과 정치인들 간에 각을 세우던 때가 있었다.

아무튼 대한민국으로서 가장 위협이 되던 일본의 전력인 3함대가 사라졌다는 말에 무척이나 기뻤다.

더욱이 3함대를 보조하는 마이즈루 함대도 바다 속으로 침몰했고, 위협이던 항공모함도 줄었다.

마음 같아서는 놓친 2함대의 항공모함 이나리도 찾아가 격침을 시키고 싶은 심정이지만, 어찌 되었든 위협이 되던 존재가 사라졌다는 소식에 마음 한편으로 안심이 되었다.

사실 테러범들을 취조하며 일본이 전쟁을 준비하고 있었다는 것을 알았을 때 얼마나 놀랐던가?

현재 한국군이 보유한 전력으로 일본의 침공을 막을 수 있을 것인가?

매일 고민을 했다.

어떻게 하면 열세인 전력을 가지고 조국을 수호할 것인지 날밤을 새며 골머리를 앓았는데, 그런 위협이 싹 사라졌다는 소리를 들었으니 얼마나 홀가분하겠는가?

일본이 보유한 8개 함대 중 겨우 3개의 함대가 사라진 것이지만 그 내부를 들여다보면 이것이 결코 작은 일이 아니란 것을 알 수 있다.

일본 제 3함대는 다른 함대와 다르다.

예전 자위대 시절 제 3호위대군이 격상되어 3함대가 되었는데, 이 호위대군이란 함대는 2개의 함대를 묶은 개념이었다.

그런 것을 조각내 정규 함대로 만든 것이 아니라 일본은 호위대군이던 편재를 그대로 군으로 승격이 되면서 계승을 한 것이다.

노후화 된 함선은 신형 함정으로 교체를 하고 무장을 튼실히 했다.

세계 어느 나라의 해군과 맞닥뜨려도 충분히 대응 할 수 있는 전력을 만들었다.

사실 이 조금은 이상한 함대는 일반적인 편제의 해군을 상대하려는 전략이 아니라 바로 막강한 세계 2위의 군사력을 가졌던 러시아의 해군을 방어하기 위한 전략에서 나온 개념이었다.

하지만 일본은 이런 편제가 가지는 장점을 깨닫고 군으로 승격이 된 뒤로도 계속해서 과편제 함대를 계속해서 운용을 하는 것이다.

그리고 이와 별개로 예전 호위대군을 보조하던 지방함대

를 정규함대 편제로 바꿔 함께 운용을 했다.

이는 일본이 군사력을 키우는 것에 주변국에서 항의를 하자 자신들은 기존 함대만 운용할 것이라고 눈 가리고 아웅하는 격으로 예전과 다르지 않다며 변명을 하고 있다.

하기는 일본 해군은 예전과 같은 함대 숫자를 가지고 있다.

아니, 지방함대 1개가 사라졌으니 오히려 함대의 숫자는 줄어들었다.

하지만 내부를 들여다보면 결코 그렇지 않다는 것을 알 수 있다.

아무튼 8개나 되는 함대 중 최고 전력이나 다름없는 3함대가 사라지고 또 마이즈루 함대는 물론이고, 기항이 마이즈루 항까지 대파(大破)되어 복구를 하려면 엄청난 금액은 물론, 상당한 시일이 걸릴 것으로 예상되었다.

더욱이 마이즈루에 이어 사세보 항까지 많이 파괴되어 한동안 일본은 국토 방위를 위해 많은 비용과 노력을 기울여야만 했다.

혹시 이러한 때에 중국이 센카쿠 열도에 대한 기습적인 상륙과 같은 행위를 한다면 일본으로서는 이를 막아 내기가 여간 힘든 것이 아니기 때문이다.

중국 또한 일본 못지않게 군 현대화 작업을 꾸준히 추진

하고 있기 때문이다.

동북아시아에서 가장 먼저 항공모함을 운용하였고, 또 자체적으로 전투기 개발은 물론, 스텔스 전투기까지 개발해 운용을 하려는 시점이다.

중국은 스텔스 전투기의 개발을 완료하고 조만간 실전에 배치만 남겨 두고 있는 시점이다.

더군다나 보유한 항공모함에서 운용할 소형 스텔스 전투기까지 개발이 완료되었다는 보도가 있었으니 그 또한 조만간 실전 배치될 것이니 중국의 해군력 또한 무시할 수 없는 수준에 올라와 있었다.

그러니 일본은 영토분쟁을 벌이고 있으면서 호전적인 중국을 막기 위해선 남은 전력으로 최선을 다해야 할 것이다

일본과 영토분쟁을 하는 나라는 비단 중국만이 아니라 강대국 러시아까지 있으니 말이다.

◈　　◈　　◈

똑똑!

"들어와!"

더글라스 대통령은 업무를 보고 있던 중 노크 소리에 소리쳤다.

집무실 문이 열리고 하워드 CIA국장이 들어왔다.

"무슨 일이지?"

잠깐 들어온 사람의 신분을 확인한 더글라스 대통령은 고개를 보고 있던 서류에 고정 시키며 물었다.

그런 대통령의 모습에 하워드 국장은 속으로 작게 한숨을 쉬며 대답을 했다.

"방금 일본으로부터 보고가 들어왔습니다."

대통령의 이런 대접은 전적으로 자신이 벌인 실수로 인한 것이기 때문에 어쩔 수 없었다.

한때는 비록 대통령과 정보국 국장이란 직급의 차이는 있었지만 언제나 우위에 있던 것은 하워드였다.

역시나 정보를 다루다 보니 대통령이라도 CIA국장인 그를 함부로 할 수가 없었다.

하지만 단 한 번의 실수로 깊은 나락으로 빠지고 말았다.

어찌 되었든 자신의 실수로 그리된 것이니 누굴 원망을 할 것인가.

사건을 벌인 자들은 이젠 어디 있는지도 모르게 사라져 버렸는데 말이다.

그런데 이상한 것은 전 세계적으로 정보망을 구축한 CIA가 그들을 아직도 찾아내지 못하고 있다는 것이다.

CIA의 손길이 미치지 않는 나라는 얼마 없었다.

아니, 지구상에서 CIA의 손길이 미치지 못하는 나라는 폐쇄의 나라인 북한뿐이 없을 것이다.

그런데 어디로 꺼졌는지 아직까지 오웬과 그의 부하들은 그림자조차 보이지 않았다.

뭐 그들에게 화는 나지만 지금 그들을 붙잡거나 사살을 한다고 해서 자신의 위치가 예전으로 돌아가는 것은 아니기에 이제는 그러려니 할 뿐이다.

"안보회의 소집해!"

더글라스 대통령은 하워드 국장이 일본에서 소식이 들어왔다는 말에 인터폰을 눌러 안보회의를 소집했다.

바로 1시간 전에 해제되었던 회의를 다시 소집한 것이다.

그리고 해제한 안보회의를 다시 소집한 것은 그만큼 일본에서 전해질 소식이 중요하다는 소리였다.

미국의 향후 전략 운용이 달린 문제였기에 함부로 결정할 사항이 아닌 것이다.

대통령의 안보회의 소집이 떨어지자 10분도 되지 않아 모든 인원이 모였다.

안보회의 관계자가 모두 모이자 더글라스 대통령이 하워드 국장을 보며 말했다.

"어서 말해 봐!"

이미 10분 전에 보고를 받았지만 다른 사람들은 아직 어떤 내용으로 안보회의가 다시 소집되었는지 전달받지 못했기에 대통령의 말에 하워드 국장으로 시선을 집중했다.

자신에게 시선이 집중되자 하워드 국장은 고개를 들어 보고를 하였다.

"사세보에 있던 일본의 해군 2함대 완파, 사세보 항에 있던 유류 창고와 무기고 폭발하였습니다."

하워드 국장이 일본의 피해 정도를 보고하는 중 리차드 김이 물었다.

"그게 사실입니까? 도대체 한국이 얼마나 많은 특수부대를 투입했기에 군항을……."

말을 하던 중 너무도 믿기지 않아 리차드 김은 말을 끝맺지 못했다.

그런 것은 비단 리차드만이 아니었다.

하지만 계속해서 들리는 하워드 국장의 말에 한동안 아무도 입을 열지 못했다.

"사세보뿐 아니라 그들은 3함대의 기항인 마이즈루를 초토화 시켰습니다."

"뭐라고요?"

"그게 사실입니까?"

일본 3함대 기항인 마이즈루가 초토화되었다는 하워드의 말이 들리기 무섭게 안보회의장은 시장바닥처럼 소란스러워졌다.

"잠시 이것을 봐 주시기 바랍니다."

하워드 국장은 회의 참석자들이 자신의 말을 믿으려 하지 않자 회의장 한쪽에 마련된 모니터에 영상을 띄웠다.

타닥! 탁탁!

"이게 현재 일본 상공을 지나고 있는 아르고 3에서 찍은 마이즈루의 모습입니다."

화면에는 폐허가 된 어느 시골 항구의 모습이 보이고 있었다.

여기저기 파괴되고, 불타는 모습이 생생히 보였다.

유류 창고로 보이는 곳에서 일어난 불길은 번화가 쪽으로 번지려는 모습도 보였다.

그리고 무기고가 있던 것으로 추정되는 지역은 커다란 크레이터가 형성되어 있었다.

또 무기고가 있던 곳으로 추정되는 산 일부도 무너져 있는 모습이 위성사진에 포착되었다.

그런데 안보회의에 참석한 사람들의 눈에 이상한 모습이 보였다.

분명 마이즈루는 일본 해군 3함대의 기항이다.

그렇다면 해군 함정 일부라도 보여야 할 것인데, 한 척의 배도 보이지 않았다.

"저게 어떻게 된 일입니까? 일본 해군의 군함들은 다 어디 간 것입니까? 혹시 다른 곳으로 피신한 것입니까?"

친일본 성향의 장관인 빌 헤링턴 재무장관이 위성사진이 보이는 위화감에 질문을 한 것이다.

그런 헤링턴 장관의 질문에 다시 노트북의 키보드를 조작했다.

타닥! 탁탁!

하워드 국장이 키보드를 조작하자 또 다른 화면이 나왔는데, 화면은 조금 전 사진과 새로운 사진이 이중으로 분할되어 나왔다.

화면을 이렇게 띄운 것은 아마도 두 사진을 비교해서 보기 편하게 하기 위해서인 듯 보였다.

"지금 보다시피, 첫 사진은 현재 마이즈루의 사진이고, 다음 사진은 2시간 전 사진입니다."

하워드 국장은 레이저 포인터를 이용해 사진을 짚으며 설명을 했다.

그제야 두 사진의 차이를 알게 된 사람들은 눈이 커졌다.

그런데 이들을 더욱 경악하게 만든 것은 바로 뒤 사진이 화면에 나오면서였다.

네 장의 위성사진이 차례로 보이자 사람들의 놀람은 놀람 이전에 경악에 가까워졌고, 뒤이어 공황상태에 이르러 한동안 실내에는 침묵이 감돌았다.

두 장의 사진은 마이즈루가 분명했고, 또 다른 사진도 마이즈루와 비슷한 상황을 포착한 것으로 짐작이 되었다.

"설마 뒤에 사진은 사세보 항을 찍은 것이란 말입니까?"

기가 막힌지 허탈한 목소리로 물어 오는 헤링턴 장관의 질문에 하워드 국장이 대답을 해 주었다.

"맞습니다. 사세보 항의 현재 모습과 마찬가지로 2시간 전 사진입니다."

"저게 가능한가?"

누구의 입에서 나온 말인지 알 수는 없었지만 회의장 안에 있는 사람들 머릿속은 복잡하게 돌아갔다.

자신의 상식선에서 사건을 파악하려니 머리가 너무도 아파 왔다.

도저히 있을 수 없는 일이 벌어진 때문이다.

아무리 생각을 해 봐도 자신의 상식으로는 저런 결과가 도출되지 않기 때문이다.

더욱이 1시간 전 회의를 할 때 하워드 국장은 저들에게 200kg의 폭탄만 구해 줬다고 했다.

그 정도 폭탄으로는 저런 결과를 만들 수 없다는 것은 상식이다.

그런데 저들은 그걸 해냈으니 참으로 불가사의한 일이

었다.

"도대체 어떻게 하면 저런 결과를 만들 수 있는 것이지?"

어느 누구도 그의 질문에 답을 해 주진 못했다.

이 자리에 있는 사람들 누구도 어떻게 해서 저런 결과를 만들었지 상상이 되지 않기 때문이다.

자신들의 머리로는 어떻게 해답을 찾지 못한 사람들은 그나마 군대 경험이 있는 국방부 장관에게 고개를 돌렸다.

그런 사라들의 시선은 어서 저 사태에 대한 해답을 달라는 말이나 다름이 없었다.

그러한 사람들의 시선에 베이커 장관은 속으로 진땀이 났다.

자신이 아무리 생각해도 자신도 어떻게 저런 결과를 냈는지 이해가 가지 않았기 때문이다.

"저도 모릅니다."

베이커 장관의 말에 사람들은 허탈한 심정이 되었다.

"저도 어떻게 하면 200kg의 폭탄으로 저런 결과를 도출하는지 그들에게 물어보고 싶네요."

확실히 모든 사람들은 베이커 장관의 말에 고개를 끄덕였다.

정말로 200kg의 폭탄으로 저런 결과를 만들 수 있다면 현재 천문학적으로 들어가는 국방비를 획기적으로 줄일 수 있기 때문이다.

사진에 보이는 마이즈루의 모습은 2차 대전 당시 미군이 엄청난 물량으로 폭격을 했던 모습과 흡사했다.

수만 톤의 폭탄을 가지고 미 공군은 수십 대의 B—29 슈퍼포트리스 폭격기를 가지고 일본 본토를 폭격하고 군사목표를 폭격했었다.

그렇게 해서 조금 전 위성사진에서 본 것과 비슷한 결과를 만들었다.

그런데 지금 겨우 200kg으로 사세보와 마이즈루 두 개의 군항을 초토화 시킨 것이다.

"저들이 어떻게 저런 결과를 만들었는지 꼭 알아내야 할 것입니다. 그래야 다음에 우리 미군도 써먹지 않겠습니까?"

잠자코 이야기를 듣고 있던 더그라스 대통령이 말을 하였다.

"맞습니다. 꼭 알아내겠습니다."

대통령의 말에 하워드 국장은 얼른 대답을 하였다.

하워드 국장의 대답이 있고 더글라스 대통령은 놀라 공황상태에 빠진 안보회의 참석자들의 상태를 호전시키기 위해 잠시 휴식을 권했다.

"이대로는 회의를 계속해서 진행할 수 없으니 잠시 맑은 공기라도 마시며 정신을 수습합시다."

잠시 회의를 멈추고 휴식을 취하자는 대통령의 말에 모두 자리에서 일어났다.

하지만 어느 누구도 회의장을 벗어나려는 움직임을 보이는 사람이 없었다.

그만큼 조금 전 사진이 말하는 결과에 놀랐기 때문이다.

"베이커 장관!"

베이커 장관은 화면의 위성사진을 보며 뭔가 생각을 하고 있다가 누군가 자신을 부르는 소리에 고개를 돌렸다.

"아, 프레지던트! 무슨 일이십니까?"

자신을 부른 사람이 다른 사람도 아니고 대통령이란 것을 알고 얼른 자리에서 일어나 물었다.

"다름이 아니라 아무래도 듀한 원수를 좀 불렀으면 하는데 말이야."

"아! 알겠습니다."

베이커 장관은 더글라스 대통령이 듀한 원수를 불렀으면 한다는 말에 무엇 때문에 그를 안보회의장에 부르려는 것인지 깨닫고 대답을 했다.

1시간 제임스 듀한 원수가 백악관에 도착을 했다.

더글라스 대통령은 제임스 듀한 원수가 도착할 때까지 업무도 뒤로 미뤄 둔 채 그를 기다렸다.

"자, 다들 어느 정도 정신을 차린 듯하니 회의를 다시 시작하기로 하지."

대통령의 말에 휴식을 취하던 사람들이 회의장으로 모이기 시작했다.

회의장으로 들어서도 사람들은 안으로 들어오자마자 잠시 멈칫 했다.

그도 그럴 것이 조금 전까지 보이지 않던 사람이 회의에 끼어 있었기 때문이다.

하지만 그것도 잠시 모두 조용히 자신의 자리에 앉았다.

그도 그럴 것이 이 자리에 있는 사람들도 제임스 듀한 원수을 안보회의장에서 몇 번 봤기 때문이다.

그때마다 듀한 원수는 새로운 정보를 하나씩 쏟아 내 회의장에 있는 사람들의 안계를 넓혀 주었다.

"듀한 원수는 내가 조언을 얻고자 불렀으니 그리들 아시오."

"알겠습니다."

듀한 원수가 이 자리에 있는 이유를 설명한 더글라스 대통령은 듀한 원수를 보며 질문을 했다.

"듀한 사령관! 국방장관에게 들어서 알겠지만, 200kg밖에 폭탄이 없는 상태에서 저런 상환을 만들어 낼 수 있겠소?"

더글라스 대통령은 일본에 대한 정책보다는 적은 수량의 폭탄으로 저런 엄청난 결과를 만든 한국에 더 위협을 느낀 나머지 다른 안건보다 어떻게 저런 결과를 만들었는지 짚고 넘어가야만 한다는 생각에 SOCOM의 사령관인 제임스 듀한 원수까지 불러 물어보았다.

제인스 듀한 원수는 조금 전 베이커 장관에게서 호출을 받아 백악관에 들어와 지금까지 어떤 일이 있었는지 모두 들었다.

그도 처음 이야기를 들었을 때는 사실 그의 말을 믿지 않았다.

하지만 회의장 한쪽에 있는 커다란 모니터에 떠 있는 위성사진을 보며 그의 말이 사실이란 것을 깨달았다.

그리고 그의 설명이 사실이란 것을 깨달음과 동시에 어떻게 하면 그렇게 적은 폭탄으로 저런 결과를 만들 수 있을까? 생각을 했다.

SOCOM은 말 그대로 미국에 존재하는 모든 특수부대들의 사령부다.

그렇다 보니 수시로 작전을 지시하고 또 지금 이 시간에도 지구 어딘가에서 미군특수부대가 작전을 하고 있을 것이었다.

대통령의 질문에 한참을 생각하던 장군이 입을 열기 시작했다.

제임스 듀한 원수가 입을 열려는 기미가 모이자 모든 사람들의 시선이 한 곳에 집중이 되었다.

"제 생각에는……."

듀한 원수는 자신이 생각한 것을 하나, 하나 설명하기 시작했다.

"일단 한국의 그들을 X라 명명하겠습니다."

듀한 원수는 설명을 편하게 하기 위해 성환과 특별경호팀을 X라는 가상의 존재로 명명하고는 설명을 시작했다.

"X사진에서 보든 비슷한 시간에 사세보와 마이즈루 두 곳에서 작전을 펼쳤습니다. 그로 보아 그들은 두 개의 팀으로 나눠 작전에 들어간 듯 보입니다. 또……."

그의 설명이 계속될수록 의문에 가득했던 상황들이 하나, 하나 이해가 갔다.

"저들이 침투한 곳은 군부대입니다. 즉, 그 말은 들고 간 폭탄의 양은 중요한 것이 아닐 수 있습니다. 아마도 저들은 준비한 폭탄과 부족한 분량의 폭탄은 아마도 저기 사세보와 마이즈루에 보관되어 있는 폭탄을 탈취해 사용했을 것입니다. 뿐만 아니라."

듀한 원수의 예측의 100% 맞는 것은 아니지만 거의 흡사하게 맞았다.

다만 교토에 있던 육군 무기고에서 부족한 폭탄을 충당했다는 것만 모를 뿐이었다.

아직까지 육군에서는 자신들이 폭탄을 탈취당한 사실을 모를뿐더러 자신들이 탈취당한 폭탄으로 인해 자국 해군이 피해를 입었다는 사실은 상상도 못했다.

아무튼 제임스 듀한 원수의 추리는 거의 맞았다.

"그리고 사진 이곳을 보십시오."

듀한 원수가 가리킨 곳은 사세보 항을 찍은 위성사진이었다.

그곳에는 아직 침몰하지 않은 군함의 모습이 몇 보였는데, 그 함선들의 모습에 듀한 원수는 집중을 했다.

"이 사진 확대해 주시오."

듀한 원수의 말에 하워드 국장은 키보드를 조작해 사진을 확대했다.

사진을 확대하니 보다 확실하게 보였다.

침몰하고 있는 군함의 옆구리가 크게 파손이 되어 있는 모습이 눈에 보였다.

마치 군함에 커다란 구멍을 뚫어 놓은 것처럼 커다란 구멍이 보이고 그 구멍 속으로 물이 들어가고 있는 모습이었다.

제임스 듀한 원수는 그 구멍이 어떻게 생긴 것인지 짐작할 수 있었다.

"어? 군함에 어떻게 구멍이?"

구멍을 강조하는 말이지만 이 자리에 있는 사라들은 그 구멍이 어떻게 생성된 것이지 모두 짐작할 수 있었다.

"그들이 대함미사일을 쐈다는 말입니까?"

"아무리 무기고가 가까이 있다고 하지만 대함미사일을 발사할 수는 없는데?"

하나가 풀리니 또 다른 의문점이 떠올랐다.

분명 군함에 뚫린 구멍은 대함미사일에 의한 구멍이었다.

그런데 그것을 어떻게 쏘았는지 그것이 또 의문이었다.

"그건 간단합니다. X가 대함미사일을 발사할 수 있는 군함을 탈취해 미사일을 발사한 것입니다."

제임스 듀한은 마치 선고를 내리듯 결론을 내렸다.

위성사진만 보고 결과를 도추한 그의 능력을 보면 그가 결코 그냥 원수라는 계급을 딴 것이 아니란 것을 알려 주었다.

제임스 듀한 원수의 이야기를 모두 들은 사람들은 그제야 의문을 떨쳐 낼 수 있었다.

"허허, 의문점은 모두 가셨지만, 그래도 그들의 능력이 대단하군!"

더글라스 대통령은 듀한 원수의 말에 감탄사를 하였다.

전에 보았을 때 그들의 능력이 대단하다는 것을 알았다.

하지만 설마 미사일을 발사할 수 있는 최신예 함을 운용할 수 있을 것이라고는 상상도 못했다.

물론 그건 더글라스 대통령이 오해를 하고 있는 것이었다.

성환과 특별경호원들이 입고 있는 아머슈트에는 많은 기능이 있는데, 실시간으로 무선신호를 주고받을 수도 있지만, 정보를 저장할 수도 있었다.

아머슈트에는 컴퓨터가 내장되어 있어, 이 컴퓨터는 아머슈트의 기능을 원활하게 관리하는 것뿐 아니라 사용자가 작전에 도움이 되는 정보를 다운로드 할 수 있게 인터넷도 가능했다.

물론 일반적으로 양방향으로 주고받는 그런 개방된 형태의 인터넷은 아니고 군대 내에서 사용하는 폐쇄적인 인터넷이다.

아무튼 작전에 들어가기 전 미리 아타고와 공고급 이지스함의 운용방법을 다운받아 저장하고 있었기에 충분히 미사일을 발사할 수 있었다.

그리고 이런 기능은 미국이 개발한 아머슈트에 모두 적용된 기능들이었다.

한국은 이런 미국이 개발한 아머슈트를 분석해 한국 실정에 맞게 개량을 한 정도였다.

하지만 이러한 사실을 모르는 이들은 성환과 특별경호팀의 능력이 이지스 함과 같은 최신예 함을 운용할 수 있다는 오해를 하게 되었다.

"일단 어떻게 X가 그런 결과를 도출했는지 알게 되었으니 한국에 대한 위험도는 다시 낮추기로 하고…… 그럼 앞으로 어떻게 하면 되겠나?"

더글라스 대통령은 성환과 특별경호팀 그리고 한국에 대한 위험도가 조금 전 상황을 몰랐을 때와 다르게 다시 조정을 하고, 그들이 그렇게 위협이 되지 않는다는 것을 깨닫자 지금까지 밀어 두었던 일본에 대한 처우를 의논하기 시작했다.

생각보다 일본이 받은 피해가 크긴 하지만 미국의 입장에서 별 상관이 없었다.

아니, 회의를 진행할수록 피해가 큰 것이 미국의 입장에서 더 잘된 일이었다.

피해가 큰 만큼 미국에 대한 의존도가 높아질 것이고, 그러면 보다 높은 가격에 물건을 팔 수 있을 테니 말이다.

지금까지 대일 무역 적자가 어마어마했는데, 이제는 그 차이가 확 줄어들 것으로 예상되었다.

굳이 슈퍼 301조니 302조니 하며 무역규제를 하지 않더라도 충분히 일본과의 무역에서 수익을 낼 수 있을 것으로 보였다.

현재 일본은 무기 뿐 아니라 생필품과 의약품이 많이 필요한 나라다.

한국과 얼마 전에 협상을 벌였을 때 나왔던 내용처럼 일본을 확실하게 벗겨 먹을 수 있을 것 같아 기뻤다.

이미 일본은 동맹국에 테러를 한 전력이 있는 관계로 그들은 이제 믿을 수 없는 존재가 되었다.

그런 나라와 굳이 정상적인 관계를 유지할 필요가 없었다.

언제 상황이 바뀌면 안면을 바꿀지 모르기 때문이다.

막말로 테러의 목표가 언제 미국으로 바뀔지 그건 모르는 일이다.

이렇게 일본은 자신들이 벌인 죄악으로 인해 나락으로 떨어지고 있었다.

8.
흔들리는 일본

따르릉! 따르릉!

늦은 시각 도쿄도 지요다 구에 있는 일본 총리관저에 전화벨이 요란하게 울렸다.

"이 늦은 시각에 누가 전화를 한 것이지?"

이미 관저에 근무하는 직원들도 모두 퇴근을 한 시각이라 총리 부인인 이토 나오코는 전화벨 소리에 깬 잠 때문인지 조금은 짜증이 난 말투로 중얼거리며 전화가 있는 응접실로 향했다.

"여보세요?"

짜증은 났지만 그래도 사회적 체면 때문에 전화를 받을

때는 끓어오르는 짜증을 한쪽으로 밀어 두고 전화를 받았다.

하지만 수화기에서 들린 다급한 목소리에 차분하게 전화를 받던 것과 다르게 급하게 안방으로 들어가 총리인 자신의 남편을 깨웠다.

—사모님! 비상입니다. 총리님을 어서 깨워 주십시오.

"무슨 일이기에 그렇게 다급하게 총리님을 찾으시는 것이죠?"

—사모님! 이렇게 이야기를 주고받을 시간이 없습니다. 큰일이 벌어졌습니다. 어서 총리님을 불러 주십시오.

너무도 다급하게 남편을 찾는 모리 비서실장의 말에 나오코는 얼른 전화기를 내려놓고 방으로 들어가 남편을 깨웠다.

"여보! 여보!"

"무슨 일이야?"

자신의 몸을 흔들며 깨우는 부인의 목소리에 이토 총리는 아직 잠이 덜 깨인 목소리로 물었다.

"모리 비서실장에게서 연락이 왔는데, 뭔가 사단이 벌어졌나 봐요. 당신을 찾고 있어요."

"도대체 무슨 일인데 이 시각에 전화질이야!"

거듭된 부인의 보챔에 고개를 들어 벽에 걸려 있는 시계를 보았다.

시계는 자정을 넘어 새벽 00시 30분을 가리키고 있었다.

"제길!"

침대에서 일어나 전화를 받기 위해 응접실로 향하던 이토 총리는 짧게 짜증을 내며 나갔다.

어제도 밤늦은 시간까지 업무를 보다 11시가 넘어 들어와 겨우 잠이 들었는데, 잠든 지 이제 겨우 1시간이 조금 흐른 시간에 다시 깨운 것이다.

요즘 이토 총리는 정말이지 머리가 깨질 듯 아팠다.

한국 정벌을 위한 준비로 한국에 혼란을 주기 위해 파견되었던 내각정보국 닌자들과 요원들이 한국에 의해 붙잡혔기 때문이다.

붙잡히기 전에 그냥 자살이라도 했다면 나을 텐데 그들은 사무라이 정신도 없는지 살아서 생포가 되고 말았다.

그것이 조국에 얼마나 위협이 되는 행위인지 모른단 말인지 그들은 붙잡힌 것도 모자라 자신의 신분을 한국정부에 노출을 시키고 말았다.

이 때문에 일본은 현재 국제적으로 구석에 몰리고 말았다.

북한이나 이란 등과 테러 지원국이란 오명을 쓰고 말

있다.

　물론 어떤 시점으로 보느냐에 따라 다르겠지만 일단 일본을 제외한 모든 국가에서 일본을 테러국 내지는 위험한 나라, 믿을 수 없는 나라로 낙인이 찍히고 말았다.

　물론 그들에게 한국에 테러를 지시한 이토 총리는 그것을 인정하지 않았다.

　아니, 자신이 지시를 내린 사실 또한 부인했다.

　테러를 한 테러범들을 한국정부가 일본을 국제사회에 고립시키기 위해 자작극을 벌인 일이라 주장하기까지 했다.

　하지만 이토 총리가 아무리 자국 언론에 그렇게 떠들어 대도 일본인을 제외한 어느 누구 하나 믿지 않았다.

　한국이 굳이 자국민을 희생하면서까지 그런 일을 벌이 어떠한 이유도 없었기 때문이다.

　막말로 한국이 그렇게 해서 얻는 이익이 뭔지 이토 총리조차 말하지 못할 정도로 너무도 엉성한 주장이었다.

　마치 거짓말을 밥을 먹듯 하다 보니 자신의 거짓말에 속아 맹신을 하는 것처럼 이토 총리는 자신이 지시했던 사항을 그렇게 믿고 있었다.

　그러다 보니 자신의 잘못을 반성하기보다는 어떻게 하면 이번 기회에 한국을 도모할 것인지에 관심을 쏟았다.

　하지만 이토 총리가 아무리 자신의 거짓말에 넘어가 맹신을 한다고 하여도 주변국은 그의 말을 믿지 않고 계속해서 압박을 하였다.

전 방위적으로 압박을 하다 보니 일본은 현제 국제사회의 왕따가 되어 있었다.

북방(사할린)영토와 남부(센카쿠)영토 방위를 위한 동맹국과의 공조도 예전 같지 않아 더욱 많은 예산이 필요했다.

그런데 국제사회의 왕따가 되다 보니 수출은 급감하고, 내수경제도 침잠되어 세수 확보가 힘들었다.

정말이지 국내외로 문제가 산더미같이 쌓여 그를 압박했다.

이 때문에 요즘 매일 늦게까지 회의를 진행하는 것 때문에 피곤한데 이렇게 늦은 시간에 전화로 자신을 깨우니 짜증이 날 수밖에 없었다.

"전화 받았다. 무슨 일인데 이 시각에……."

이토 총리는 전화를 받으며 짜증을 내며 무슨 일인지 물었다.

하지만 그의 말은 계속되지 못했다.

—총리님! 큰일 났습니다. 마이즈루와 사세보가 불바다가 되었습니다.

수화기를 통해 전달된 이야기를 듣고 이토 총리는 머리를 한 대 세게 맞은 듯 아무런 생각이 들지 않았다.

머엉!

마치 전화를 받다 석상이 된 것 마냥 그렇게 굳어 있었
다.

"여보! 여보!"

나오코는 갑자기 전화를 받다 석상이 되어 버린 남편의
모습에 그를 불렀다.

"어? 어……."

공황상태에 빠졌던 이토 총리는 부인의 다급한 불음에 정
신을 차렸다.

"곧 갈 테니 모두 비상 대책 위원들을 소집해!"

모리 비서실장에게 비상 대책 위원회의를 소집하라는 명
령을 내리고 전화를 내려놓은 이토 총리는 자신의 부인을
보며 출근 준비를 부탁했다.

"나 나가 봐야 하니 준비 좀 해 줘!"

"무슨 일인데 그래요?"

"아니, 당신은 신경 쓸 필요 없는 일이야! 그러니 준비나
해 줘!"

무슨 일인지 궁금해 하는 부인에게 말을 하고 그는 샤워
실로 들어갔다.

아직 피로가 덜 풀려 정신이 혼미했기에 찬물로 샤워를
하고 나가려는 것이다.

이제는 겨울로 들어가는 늦가을이라 샤워기에서 나오는
물줄기가 무척이나 차갑게 느껴졌지만, 오히려 그것이 아직
돌아오지 않던 이토 총리의 정신을 차리게 해 주었다.

◈   ◈   ◈

"보고해 봐! 어떻게 된 일이야!"

이토 총리는 총리관저 비상 대책 회의실에 들어서며 소리
쳤다.

그가 문을 열고 들어간 회의장에는 이미 정부 관료들이
모두 도착해 있었다.

장관들이 먼저 도착한 것을 보니 아마도 총리에게 가장
늦게 보고가 들어간 것 같았다.

총리의 물음에 방위성장관인 미야모토 료 장관이 대답을
했다.

사고가 터진 곳이 그가 관여하는 군부대였기 때문이다.

"익일 자정에 사세보 항과 마이즈루 항에 일단의 테러범
들이 침입해 군함과 시설에 테러를 감행했습니다."

"테러?"

이토 총리는 방위성장관의 말에 고개를 갸웃하다 중얼거
렸다.

그도 그럴 것이 사세보와 마이즈루는 군항이다.

다른 곳도 아니고 군항에 테러범들이 침투를 했다는 것이 말이나 되는 소린가?

"아니, 경계를 어떻게 했기에 군항이 테러를 당한단 소리요?!"

너무도 황당한 생각에 이토 총리는 미야모토 장관에게 고함을 쳤다.

확실히 뭔가 문제가 있기는 했다.

어떻게 다른 곳도 아니고 군부대가 테러범에게 테러를 당할 수 있다는 말인가.

고함을 친 이토 총리는 고함을 치고 나니 어느 정도 진정이 되었는지 차분한 목소리로 다시 질문을 하였다.

"그럼 테러를 저지른 범인은 잡았겠지요?"

세계 군사력 2위에 오른 일본군이라 생각하는 이토 총리는 테러범을 잡았을 것이란 확신을 가지고 물어보았다.

자신이 이룩한 성과를 자신하는 이토 총리는 조금 전 화가 난 표정을 지우고 밝게 미소를 지으며 물었다.

하지만 곧 들려온 미야모토 장관의 답변에 보기 싫게 구겨지고 말았다.

"범인은…… 놓쳤습니다."

당연히 테러범들을 잡았을 것이라 예상을 했지만 보기 좋게 예상이 빗나가자 이토 총리는 다급한 목소리로 물었다.

"뭐요? 놓쳐? 지금 장난하는 것입니까? 그럼 테러범들의 정체는, 정체는 알아냈습니까?"

하지만 그런다고 바뀌는 것은 없었다.

이토 총리가 아무리 위협을 하고 고함을 질러도 이미 사건이 발생하고도 1시간이나 지났다.

사건이 벌어지고 바로 사라진 테러범을 붙잡을 수도 또 그림자조차 발견하지 못한 그들의 정체를 알 수 있는 그 어떤 증거도 포착하지 못했다.

"현재 사세보와 마이즈루에서는 화재 진압을 하는 중이라 아무 것도 알아낸 것이 없습니다."

"허!"

방위성장관의 말을 들은 이토 총리는 너무 화가 났다. 하지만 사람이 극한에 이르면 화낼 기운도 사라진다고 했던가.

갑자기 풍선에 바람이 빠진 것처럼 그는 자리에 풀썩 하고 주저앉고 말았다.

그런 이토 총리의 모습을 지켜보는 장관들의 표정은 하나같이 침통한 표정들이었다.

그러면서 누군가는 이번 사태에 대한 책임을 져야만 한다는 생각이 머릿속에 떠올랐다.

"도대체 방위성장관은 어떻게 군을 다스렸기에 이런 일이 벌어진다는 말입니까?"

느닷없는 소리에 모습 사람이 소리가 들린 곳으로 시선이 집중되었다.

말을 한 사람은 총리 직속의 인사원장인 사사키 마루오카였다.

우익내각인 이토 내각에서도 가장 과격한 인사가 바로 인사원장인 사사키였다.

이토 총리가 한국과 전쟁을 하겠다고 할 때 가장 먼저 박수를 치고 적극 동조한 인물이기도 했다.

사사키는 그저 흔한 극우주의 정도가 아니라 극심한 파시즘에 빠진 자였다.

지구상에 일본인들만이 최고이며 다른 민족은 일본을 떠받드는 디딤돌에 지나지 않은 존재라 생각하였다.

이토 총리가 총리에 당선이 되는 데 가장 많은 역할을 했으며, 또 그는 정권 초기 의석수가 부족해 사회당과 연립정권을 세웠을 때, 음모를 꾸며 사회당 의원들을 나락으로 빠뜨리고 그 자리에 이토 총리를 지지하는 우익 인사들을 등용하기도 했다.

이렇듯 이토 내각을 만드는 데 지대한 역할을 했던 사사키 마루오카다 보니 이토 총리도 그를 장관과 동급인 인사원장에 앉혔다.

영원한 자신의 지지자인 그를 자신의 곁에 두고자 했던 인사 조치였다.

아무튼 그런 사사키 인사원장은 지금 논의하고 있는 사태가 외부에 알려진다면 이토 총리의 인지도에 큰 흠집이 될 것이고 자칫 잘못하다가는 총리가 책임을 떠안고 사퇴를 해야 할지도 모를 정도로 큰 사건이다.

그래서 먼저 희생양을 찾았는데, 그의 눈에 방위성장관이 들어온 것이다.

어찌 되었든 이 자리에 있는 사람 중 사고가 난 군과 가장 연관이 있는 사람 바로 방위성장관인 미야모토 료였다.

그러니 그를 희생양으로 삼아 위기를 넘겨야 했다.

사사키는 옆 자리에 있는 관방장관에게 눈치를 주며 자신의 말에 동조하라는 신호를 보냈다.

관방장관인 요시히데는 갑작스런 분위기 변화에 당황하던 것도 잠시, 사사키 인사원장의 신호를 받자마자 미야모토 장관을 몰아붙이기 시작했다.

"전투에 실패한 장수는 용서해도 경계에 실패한 장수는 용서하지 않는다 했습니다. 장관은 도대체 군을 어떻게 운용을 했기에 이런 참담한 일이 벌어진단 말입니까? 말씀해 보십시오."

사사키 인사원장에 이어 관방장관인 요시히데까지 나서서 성토를 하자 눈치 빠른 각부 장관들도 미야모토 장관을 성토하기 시작했다.

여러 사람이 한 사람을 바보 만드는 것은 시간문제라 했던가.

어? 하는 사이 장내는 사건 해결 보다는 미야모토 장관에 대한 성토의 장이 되었다.

"장관이 책임을 지고 이번 사태를 수습하시오."

"그렇습니다. 장관이 운용을 잘못해 이런 일이 발생한 것이니 책임을 지시오."

직접적인 말은 하지 않았지만 분위기만 보면 사태의 책임을 지고 할복을 하라고 하는 말이나 다름없었다.

여러 부서의 장관들의 그런 압력에 미야모토 장관은 표정이 어두워졌다.

"그럼 나보고 이번 일에 대한 책임을 지고 할복을 하라는 말이오?"

낮고 무언가 날이 선 것 같은 목소리의 미야모토 장관의 목소리에 일부 장관들이 흠칫 놀라긴 했지만, 이미 시류는 그가 책임을 지고 죽어야 한다는 편으로 흘렀다.

"마땅히 책임을 지려면 확실하게 해야 하지 않겠소? 사무라이의 혼을 보이시오."

아무도 미야모토 장관의 말에 대답을 하지 못할 때, 이번에도 사사키 인사원장이 차갑게 말을 했다.

도대체 이 시대에 사무라이가 어디에 있다고 사무라이를 언급하는 것인지 참으로 알 수 없는 일이지만 사사키 인사원장은 마치 전국시대의 영주가 부하 장수에게 할복을 명령하듯 차갑게 말을 했다.

그런 사사키 인사원장의 말에 미야모토 장관은 주변을 다시 한 번 둘러보았다.

일부는 그의 시선을 피했지만, 거의 대부분의 장관들은 모두 사사키 인사원장의 뜻에 동조한다는 듯 그를 차갑게 쳐다보았다.

모든 사람들의 뜻이 자신의 죽음이란 것을 깨달은 미야모토는 순간적으로 허탈한 심정이 되었다.

조금 전까지만 해도 같은 동지(同志)라 생각했는데, 그건 그만의 착각이었다.

그동안 일본을 위해 자신이 얼마나 많은 노력을 했던가.

자위대가 군으로 승격이 되면서 군의 편제를 확립하기 위해 많은 노력을 했다.

일본의 군인들은 아직까지 군인이라기보다는 공무원이라 생각하는 이들이 많았다.

현재 군인이 이들은 군대란 것이 아직은 낯선 세대다.

그렇다 보니 자위대 시절처럼 회사에 취직을 하듯 그렇게 일본군에 지원을 하고 있었다.

이런 세태를 바꾸고자 노력해 지금은 많이 바뀌었다.

군인을 군인답게 만드는 일은 결코 쉬운 일이 아니다.

그런데 그런 자신의 공로를 생각지 않고 책임을 지고 할복을 하라고 하다니 지금까지 자신이 동료라 동지라 생각했던 이들은 아니었다.

자신만의 착각이었다는 것을 깨닫기 까지 참으로 오랜 세월을 허비했다.

미야모토 장관은 그런 사실을 깨달았지만 이미 자신이 빠져나갈 길은 그 어디에도 없었다.

만약 여기서 자신이 못 하겠다 주장을 한다면 자신뿐 아니라 남은 가족들마저 위험해질 것이 분명했다.

침묵을 지키고 있는 총리를 잠시 쳐다보았다.

가슴 속에 작은 희망을 안고 쳐다보았지만 그 작은 기대는 햇볕에 봄눈 녹듯 순식간에 사라졌다.

'총리도 같은 생각이구나!'

모두가 자신의 죽음을 요구하자 미야모토 장관은 자포자기를 하였다.

"알겠소. 내가 모든 것을 안고 가겠소."

미야모토 장관은 떨어지지 않는 입술을 떼었다.

억지로 떼던 미야모토 장관은 마지막으로 유언을 하듯 마지막 말을 하였다.

"내가 모든 책임을 지고 갈 것이니 내 가족들을 부탁하오."

자신이 죽은 뒤에 남은 가족들이 걱정이 된 미야모토는 그렇게 남은 가족을 부탁한다는 말을 하였지만 마음속으로는 불안감이 불씨처럼 피어올랐다.

수십 년을 동지처럼 행동을 하던 사람들이 한순간 변했는데, 이 상황에서 자신의 마지막 유언을 들어줄 것이라 믿을 수가 없었기 때문이다.

"가족들은 내가 책임지지."

조금 전까지 조용히 있던 이토 총리가 대답을 했다.

이번 사태의 책임을 지고 가겠다는 그의 말에 이토 총리는 미야모토 장관의 유언을 자신이 들어주겠다는 약속을 했다.

'훗, 그래 죽는 마당에 마지막으로 믿어 보겠소. 총리!'

총리의 말에 미야모토는 속으로 코웃음을 쳤지만 어차피 자신의 죽음은 피할 수 없었기에 마지막으로 그의 말을 믿어 보기로 했다.

이토 내각은 사세보와 마이즈루에 있던 해군 2함대와 3함대 그리고 마이즈루 함대가 테러로 폭침한 일에 대한 비상 대책 회의를 하려고 모였지만, 사태의 수습이 어렵다는 것을 깨닫자 마다 가장 먼저 희생양을 구했다.

자발적인 희생도 아닌 강요에 의한 희생이었다.

이런 모습을 보며 미야모토 방위성장관은 일본의 미래를 보는 듯하였다.

◈　　◈　　◈

날이 밝자 세상에 난리가 났다.

일본에서 전해진 일본의 해군군항의 파괴 소식은 소식을 들은 사람들에게 엄청난 충격을 주었다.

─NHJ방송의 이시하라 유이입니다. 지금 제 뒤로 보이는 현장은 사세보에 있는 해군2함대 기항인…….

─안녕하십니까? CMM방송의 바바라 맥컬린입니다. 지금 보시는 장면은 절대 영화의 한 장면이 아닙니다. 뒤에 보이는 곳은 일본에 있는 교토 도 마이즈루 시에 있는 군항으로 이곳은 일본의 해군의 기지 중 한곳입니다. 이곳 말고도 사세보라는 항구도 이곳과 비슷한 상황이라 합니다. 이곳은 어제 밤 12시경 테러범들이 항구에 침입을 해, 정박해 있던 일본 해군 소속 이지스 함에 있던 미사일과 어뢰를 사용해 근처에 정박해 있던 같은 함대 소속 군함과 항공모

함을 비롯해 또 다른 함대의 군함을 파괴하였습니다. 그리고…….

─중화TV 주유화입니다. 지금 화면에 보이는 곳은 일본의 해군기지인 마이즈루입니다. 이곳과 또 다른 군항인 사세보는 현재 보시는 것처럼 마치 전쟁터를 방불케 할 정도로 불타고 있습니다. 전해지는 소식에 의하면 두 군항에는 3개의 일본 해군 소속의 함대가 있었는데, 일부 함정을 빼고 모두 침몰했다고 합니다. 이로 인해 일본 해군은 해상전력에 큰 공백이 생겼습니다. 이 때문에…….

세계 유수의 방송사에서 특파원을 보내 취재를 하였는데, 사고가 발생한 지 9시간이 지났지만 아직도 항구 곳곳에는 사고의 흔적을 다 수습하지 못해 아직도 불타는 곳이 있었다.

유류 창고에 있던 기름 탱크가 폭발의 여파로 상당량의 기름이 외부로 유출이 되었기 때문이다.

더욱이 저장고에 쌓인 기름이 상당량 비축이 되어 있었기 때문에 9시간이나 지났지만 아직도 불길을 잡지 못하고 있었다.

그리고 유류 창고뿐 아니라 무기고 또한 아직도 간간히 폭발이 일어나고 있어 손쓸 엄두를 내지 못하고 있었다.

◆　　◆　　◆

"대한민국 만세! 대한민국 만세!"

아침 일찍 출근을 하던 직장인들이나 아침을 준비하던 주부 등 대한민국의 국민들은 하던 일을 멈추고 만세를 불렀다.

일본에서 전해진 일본 해군 기지가 테러를 당해 정박해 있던 모든 군함들이 파괴되어 침몰했다는 뉴스가 TV를 통해 전해지자 그런 현상이 벌어진 것이다.

가전 길을 멈추고 사람들은 TV모니터 앞으로 모이거나 일부는 자신의 휴대폰 화면을 보며 뉴스를 시청했다.

정이 많은 한국인이라면 예년 같았으면 주변국이 이런 소식이 전해졌다면, 일단 애도의 마음을 전하고 같이 슬퍼했을 것이지만, 이번만은 그렇지 않았다.

일본에서 전해진 불행한 소식에 한국인들은 길을 가다 모르는 사람을 얼싸안고 기쁨을 나눴다.

마치 일본이 당한 일을 축하라도 하듯 아직 소식을 듣지 못한 사람이 있으면 소식을 전파하며 기뻐했다.

마치 2002년 월드컵 때 길거리 응원을 하며 축구 국가대표팀이 4강에 진출했을 때처럼 기뻐하였다.

어떤 슈퍼마켓 주인은 너무도 기쁜 나머지 자신의 가게

앞을 지나는 사람들에게 공짜로 음료수를 건네는가 하면, 어떤 해장국집 주인은 오늘 하루 공짜라는 큼지막한 글씨를 가게 문 앞에 써 붙이기까지 하였다.

마치 축제라도 벌이듯 너나 할 것 없이 한국인들은 일본에서 전해진 소식을 기뻐했다.

그도 그럴 것이 한국인들은 이것이 천벌을 받은 것이라 믿었다.

얼마 전 일본인들로 구성된 테러범들이 전국에 걸쳐 대규모 테러를 저질렀었기 때문이다.

붙잡힌 일본인들을 조사한 결과 그 테러가 일본정부가 지시를 해 벌어진 일이란 것을 알게 된 한국인들은 전쟁도 불사해야 한다며 정부청사 앞에서 시위를 하거나 일본대사관 앞에서 시위를 했다.

일본이 벌인 테러라는 것이 밝혀지면서 한국정부는 일본과의 외교단절을 선언하고, 일본 대사관직원들을 모두 추방하였다.

일본정부도 테러에 대한 일을 전면 부정하며 자국 대사관 직원들이 추방된 것에 보복으로 그들도 한국대사관 직원들을 추방조치 하였다.

하지만 한국대사관 직원들은 그들이 추방하기 전 먼저 통보를 하고 바로 한국으로 귀국했다.

그리고 한국정부는 그에 더 나아가 일본에 체류 중인 한국 국민들에게 조속한 귀국을 종용했다.

일본이 전쟁을 준비 중이란 것을 알고 있는 정부는 자국민이 일본에 남아 있다가 인질이 될 수도 있다고 보았기 때문이다.

아무튼 한국은 일본에서 전해진 속보로 인해 축제 분위기였다.

그런데 한국인들 말고도 일본의 불행에 기뻐하는 이들이 또 있었다.

그들의 정체는 바로 중국인들이었다.

중국과 대만의 국민들은 아침 일찍 일본에서 전해진 소식으로 인해 축제 분위기였다.

특히나 중국 정부의 반응이 무척이나 이례적이었다.

그들은 일본 해군의 기항인 사세보와 마이즈루가 파괴되었다는 정보를 듣자마자 동해함대와 남해함대에 비상을 걸었다.

일본 해군 전력에 공백이 생긴 지금이 기회라 생각한 그들은 두 함대에 비상을 걸고 영토 분쟁을 하고 있는 조어도 (센카쿠) 열도에 파견을 하였다.

이런 중국의 움직임에 일본은 잔뜩 긴장을 하며 초계에 나가 있던 사세보 함대에 증원을 보냈다.

사세보 함대와 항공모함이 있다고 하지만, 중국이 파견한 2개 함대에도 항공모함이 2척이나 있어 전력 면에서 일본이 상당히 밀리기 때문에 일본은 구레에 있는 함대와 요코스카에 있는 요코스카 함대를 사세보 함대에 지원을 보냈다.

물론 중국은 항공모함이 2척이고 일본은 2함대 소속의 항공모함 1척이라 숫자상으로는 일본이 항공모함 1척이 적은 관계로 불리할 것이라 생각하겠지만 그렇지 않았다.

항공모함에 탑재된 함재기의 성능에서 일본이 보유한 슈퍼호넷이 중국이 가진 함재기인 J—15와 비교가 되지 않을 정도로 월등하기 때문이다.

더욱이 중국의 항공모함은 이 J—15를 1척당 17대를 탑재했지만 일본의 항공모함은 슈퍼호넷 28대를 가지고 있었다.

아마테라스 급 항공모함에 탑재되는 슈퍼호넷이 중국의 J—15보다 크기가 작고 또 항공모함 자체가 중국이 운용하는 항공모함보다 설계가 더 정교해 11대나 더 탑재할 수 있었다.

이 때문에 비록 항공모함의 숫자에서 1척 부족하지만 탑재한 탑재기의 숫자에서는 겨우 6대 차이 분이 나지 않았다.

그 정도라면 호위 함대의 숫자가 많은 일본이 더욱 유리했다.

일본은 대공방어가 가능한 이지스 함이 3척이나 되기 때문이다.

이 정도라면 34대의 전투기는 사실상 무용지물이나 마찬가지였다.

1000㎞ 밖에서 목표 식별이 가능하고 또 동시에 24대를 동시 추적이 가능한 이지스 함이 3척이나 있으니, 사실상 중국 항공모함 탑재기인 J—15는 전투가 벌어진다면 바로 격추가 된다고 봐야 했다.

물론 전투를 하게 된다면 전적으로 전투기에 모든 정신을 쏟을 수는 없지만 일단 중국의 2개 함대 보단 한정의 수나 총 배수량에서 일본 해군 쪽이 월등하기에 아마 전투는 벌어지지 않을 것이다.

하지만 일본은 힘든 시기에 중국의 움직임을 쫓기 위해 많은 출혈을 해야 할 것은 불을 보듯 빤했다.

그것만으로도 일본에게는 허리가 휘는 부담이었다.

더욱이 일본의 자위대가 군으로 승격이 되면서 예전 오키나와에 주둔하고 있던 미군 병력이 대부분 철수를 한 시점이라 미군은 일본을 도와줄 수가 없었다.

물론 그건 미국이 일본을 전적으로 돕는다는 전제에서 생각해도 그저 중국에 유감 표명을 하는 정도에 그칠 뿐이었다.

일본은 설마 중국이 이렇게까지 전격적으로 움직일 줄 몰랐기에 부랴부랴 2개 함대를 추가하였지만 이 모든 것이 국방비를 허비하는 결과를 가져왔다.

◆　　◆　　◆

"때가 되었습니다."

청와대 대통령 집무실에서 안보회의를 진행하는 도중 대통령은 입가에 미소가 떠나지 않는 모습으로 말을 하였다.

"그렇습니다, 각하."

그런 대통령의 말에 박성환 총리도 빙그레 미소를 지으며 대답을 했다.

무언가 지금까지 기다렸던 시기가 도래했다는 표정을 하는 대통령과 총리의 모습에 안보회의 참석자들은 긴장을 하였다.

아마도 대통령이 큰일을 발표할 것으로 보였기 때문이다.

"지금부터 일본에 최후통첩을 할 것입니다. 만약 일본이 우리에게 테러를 가한 것을 시인하지 않는다면 한국은 일본에 선전포고를 할 것입니다."

대통령의 입에서 선전포고라는 말이 나왔다.

이 자리에 있는 사람들은 대통령의 선전포고라는 말에 입을 다물 수가 없었다.

아직 대한민국은 북한과 전쟁이 끝난 것이 아니라 잠시 전쟁을 중단한 상태이다.

언제 북한이 도발을 할지 모르는 시점에서 일본에 선전포고를 한다는 말은 어찌 보면 자살 행위나 다름없는 행동이다.

아니 그것을 떠나서 세계 2위의 군사력을 가진 일본에 한국이 선전포고를 한다는 것은 정말로 미친 짓일 뿐이다.

하지만 그것도 어제까지의 말일 뿐이다.

일본군 전력의 핵심인 해군이 절단이 나고 말았다.

더욱이 중국이 움직이는 바람에 한국에 위협이 되는 2함대의 나머지 전력이 한국에 신경을 쓰지 못한다.

뿐만 아니라 4함대는 언제 러시아 해군이 움직임을 보일지 몰라 러시아 해군을 감시하느라 한눈을 팔수도 없었다.

현재 일본이 가용할 수 있는 전력이라고는 요코스카에 있는 1함대뿐이다.

하지만 1함대는 함부로 움직일 수 있는 전력이 아니다.

유사시 중국이나 아니면 러시아를 방어하는 함대에 지원을 보내야 하기 때문이다.

아직 4함대에는 항공모함이 배치되지 않았기에 사실상 1함대는 4함대 지원을 위해 움직일 수 없다는 말이다.

그러니 한국으로서는 지금이 절호의 기회였다.

한국 해군의 모든 전력과 비슷했던 마이즈루의 3함대와 마이즈루 함대가 사라진 것은 지금이야말로 한국이 일본에 큰소리를 칠 수 있는 절호의 기회인 것이다.

물론 한국도 모든 해군 전력을 동원할 수는 없었다.

북한이나 중국을 견제해야 하기 때문에 모든 함대가 움직일 수는 없지만, 어차피 일본 해군과 전투를 벌일 때 도움이 되는 정도의 정규 함정은 그리 많지 않기에 모두 짜내 봐야 일본 함대 규모로 치면 2개 함대가 겨우 될까 할 정도다.

일본 군대가 양적 질적 팽창을 할 때, 한국은 국회의원들의 방해로 성장을 하지 못했다.

또 군 내부 안력 때문에도 육군 중심의 예산 편성으로 해군이나 공군의 전력 상승이 눈에 뛰지 못했다.

뭐 그건 한국의 특성상 어쩔 수 없는 일이기도 했다.

말로만 국가를 위해, 국민을 위해 일을 하겠다는 정치인들은 사실은 자신과 자신이 속한 정당을 위해서만 일을 했다.

그러다 보니 선심성 정치 활동을 하게 되었고, 자신의 업

적이 보이는 곳에 예산을 편성하길 원했다.

그러니 나라를 지키는 데 필요한 국방예산은 줄고 복지예산은 늘어만 갔다.

그렇다고 복지예산이 정작 제대로 쓰였다면 말도 않을 것이지만, 국회의원들은 국가 예산을 마치 자신들의 호주머니 속에 든 돈인 마냥 흥청망청 가져다 썼다.

자신의 주머니에 돈을 넣어 주는 기업에 공적자금이라고 예산을 편성해 주고, 정당에 기부를 하는 이들에게 혜택을 주기 위해 법을 뜯어 고쳤다.

아무튼 그러다 보니 현재 일본의 상황이 아니라면 감히 한국으로서는 선전포고를 할 엄두를 내지 못했을 것이다.

하지만 하늘이 무심하지 않았는지 한국에 절호의 기회가 도래했다.

그러니 대통령은 이번 기회에 일본에 빨대를 꽂을 계획을 수립하였다.

사실 대통령도 일본과 전쟁을 할 생각은 없었다.

하지만 적을 속이려면 아군부터 속이라 했던가?

대통령은 극비로 사람을 뽑아 일본에 빨대를 꽂을 작전을 수립하게 하였다.

애국심이 투철한 정치학자와 군관계자들을 통원해 수립한 이 계획은 오래전부터 준비된 것이기도 했다.

처음 일본이 한국을 집어삼키기 위해 작전의 일환으로 대규모 테러를 준비했다는 사실을 알게 된 뒤로 최세창 대령과 성환이 최초 기획을 했고, 이런 기획이 이기섭 참모 총장에게까지 보고가 된 뒤로 대통령에게 테러범들의 정체와 목적을 알리면서 보고를 하게 되었다.

그리고 그 뒤로 보다 구체적인 작전을 수립하기 위해 대통령 명령으로 극비로 작전을 구상했다.

일본에 전력 공백이 생기면 그때 테러범들의 정체를 발표를 하고 일본에 압력을 행사한다는 것이 주요 골자였다.

이때 한국정부는 일본정부가 요구를 수용하지 않으면 전쟁도 불사하겠다는 선언까지 하여 일본정부를 압박한다.

뿐만 아니라 아직 모처에 수감된 테러범들의 정체를 언론에 공개해 일본정부를 공격하는 것도 병행하는 것이다.

만약 그래도 일본정부에서 말을 듣지 않는다면 UN에 테러범들의 정체를 알리고 일본정부를 고발하는 것도 좋은 방법이라 나와 있다.

그리고 일본 내에도 이런 소식을 알린다면 일본 국민이 들고 일어날 것이 분명했다.

일본인들은 정치인들을 빼고 모두 각자 자신의 삶에 가장 중점을 두고 살아간다.

만약 정치인들로 인해 자신의 삶이 파괴가 된다면 일본인들은 절대로 그들을 가만두지 않을 것이다.

특히 일본의 젊은 세대들은 참을성이 노인들 보다 좋지 못하다.

자신들이 믿는 정부가 사실은 테러범을 양성하고 일본인 들의 위상을 실추하고 테러를 하는 전범들의 나라로 만들면 당연히 시위가 벌어질 것이다.

이렇게 전 방위적으로 일본정부를 압박을 해, 우익정권인 이토내각을 실각시키고 새로운 일본 정부와 협상을 벌여 이 득을 취하는 것이 목적이다.

이러한 계획은 이미 미국과는 협의가 끝났다.

그리고 중국과 러시아에도 이미 특사가 파견되었다.

일본의 군사력 팽창에 긴장하는 러시아나 중국은 절대로 이번 기회를 그냥 날리지 않을 것이 분명했다.

특히 중국이 신속하게 함대를 꾸려 분쟁 지역에 함대를 파견한 것만 봐도 알 수 있었다.

할 수 있으면 그대로 조어도를 수복하고 그렇지 않고 일 본이 신속하게 대응을 하면 대치만 한다는 계획으로 움직인 중국은 지금도 조어도 인근에서 일본의 함대들과 대치를 하 고 있었다.

러시아 극도 함대도 원래라면 신속하게 움직였을 것이지 만 국내 사정으로 그러지 못했다.

강력한 정권을 꾸려가던 브라드미르 대통령은 고령화로 현재 러시아는 후계자 선정과 차기 정권에 대한 문제로 심각한 혼란에 빠져 있다.

만약 러시아가 혼란에 빠지지 않았고, 또 대통령인 브라드미르가 정상이었다면 아마도 이번 기회에 일본은 절단 나고 말았을 것이다.

결코 기회를 헛되이 보내지 않는 브라드미르이기에 약해진 일본이 반항하기도 전에 일본 북부를 점령했을지도 모를 일이다.

물론 그건 극단의 예이기는 하지만 중국이 나선 이상 혼란한 일본 북부를 도모하지 않는다는 것도 우스운 일이다.

아무튼 현재 일본이 극도의 혼란 상태이니 최대한 이득을 취해야 한다.

다시는 저번과 같은 억울한 일을 당하고도 힘이 없어 그저 항의 정도로 끝내야 하는 일이다.

예수님이 뺨을 맞으면 반대쪽 뺨도 대주라 했다고 하던가?

하지만 그건 성인인 예수 그리스도를 찬양하기 위한 말일 뿐이다.

어떻게 뺨을 맞았는데 또 때리라고 반대쪽 뺨을 대준단 말인가?

그건 말도 되지 않는 소리일 뿐이다.

맞고 참는 것은 미덕이 아니라 미련한 것일 뿐이다.

한국은 그동안 힘이 없어 하고 싶은 말을 하지 못했지만 이제는 아니다.

기회가 왔을 때, 확실히 보상을 받고 그렇지 못한다면 이자를 더해서 보복을 해 주어야 한다.

그래야 상대가 쉽게 생각을 하지 못하기 때문이다.

국제 사회에서 침묵을 유지하다 보니 사람들이 한국을 호구로 생각해 이용하려고 들었다.

그러니 이번 기회에 한국이 절대로 호구가 아님을 알려야 한다.

뺨맞고 참는 것은 예전 힘없는 자들이 자신의 비굴함을 미화한 말일 뿐이다.

9.
마무리하기

지난 밤 작전을 마치고 혼자 교토로 돌아온 성환은 새벽 시간 교토에 도착하여 호텔을 잡고 투숙을 했다.

물론 이때도 혹시 모를 추적을 따돌리기 위해 얼굴을 변장하였다.

이런 때를 위해 만들어 놓은 위조 여권이 있어 사용하는 데 불편함은 없었다.

틱!

성환은 잠이 깨자마자 응접실로 나와 TV를 켰다.

역시나 TV에서는 어제 밤에 있었던 사세보와 마이즈루 항에서 벌어진 사건이 나오고 있었다.

혹시나 싶은 마음에 다른 채널을 돌려 보고 심지어 케이블 TV채널을 틀어 외국 뉴스 채널까지 확인을 하였는데, 온통 어젯밤 사건뿐이었다.

그만큼 어제 자신들이 벌인 일이 세계적으로 큰 이슈이기 때문에 모든 뉴스가 사세보와 마이즈루 항의 불타는 모습만 연신 나오고 또 나왔다.

뉴스를 보던 성환은 전화기를 들었다.

성환이 전화기를 든 이유는 특별경호팀이 잘 빠져 나갔는지 알아보기 위해서다.

뚜루룩!

전화기에 신호음이 가더니 누군가 받는 소리가 들렸다.

—KSS경호 전무이사 고재환입니다.

전화를 받은 사람은 역시나 고재환이었다.

"나다. 모두 잘 있나?"

—예, 모두 모였습니다.

"그럼 모두 오늘 안으로 귀국들 하도록 해!"

—알겠습니다. 그런데 사장님께서는 어떻게 하실 생각이십니까?

"난 벌인 일을 수습하고 갈 것이니 내 걱정은 하지 말고 먼저 돌아가 있도록 하고, 참! 특별경호팀은 한 달간 휴가이니 이번 기회에 가족들과 여행이라도 다녀오도록 해! 경비는 회사에서 처리하는 것으로 하고."

성환은 이번에 어려운 임무를 수행한 특별경호팀에 전원
한 달의 휴가를 주었다.

정말이지 그들이 일본에 들어와 처리한 일을 생각하면 보
상을 더 주고 싶지만 형평성이 있기 때문에 어쩔 수 없었
다.

외부에는 그저 특별경호팀이 일본에 간 것이 M&S엔터
의 일본진출에 앞서 불안정한 일본 현지의 사정을 알아보기
위해서였다.

그러니 그 일에 비해 너무 과한 보상을 한다면 의심을 받
을 수도 있는 일이기에 한 달의 유급휴가만 지급하는 것이
다.

물론 내부적으로 따로 보상을 할 계획이다.

겉으로야 어찌 되었든 이번 일본에서의 일은 군에서 의뢰
를 받은 것이기 때문에, KSS경호는 막대한 이득을 취할
수 있었다.

뭐 이것도 외부에 밝힐 수 없는 특급의뢰이긴 하지만 말
이다.

어떻게 명목을 만드는 것은 일도 아니기 때문에 문제될
것은 없었다.

─사장님 그런데 정말로 저희가 옆에 없어도 되겠습니

까? 백업 문제도 있고 말입니다. 일을 마무리하기 위해선 옆에서 보조할 인원이 필요하지 않겠습니까?

고재환은 성환이 일본에서의 일을 마무리하기 위해 혼자 남는다는 말에 걱정이 되는 것인지 자신들이 남아서 돕는 것이 좋지 않겠는가? 하는 취지로 물었다.

하지만 성환의 대답은 단호했다.

"아니, 너희는 여기까지 하고 돌아가는 것이 외부의 의심을 덜 받는다. 더욱이 너희의 일본 일정이 오늘로써 끝나는 것이니, 계획대로 돌아가는 것이 날 도와주는 것이다. 그리고 나를 백업해 줄 인원은 이미 차출했다."

성환은 고재환에게 이미 자신을 도울 인원을 일본에 대기시켰다는 말로 그를 안심시키고 한국에 돌아가서 보자는 말로 전화를 마무리했다.

"그럼 이만 전화 끊고 돌아가서 보자고."

고재환은 성환이 전화를 마무리하려 하자 다급하게 질문을 했다.

─저 백업 인원으로 부른 사람들이 누굽니까?

재환은 성환을 백업할 인원이 회사 내에 누가 있는지 생각을 해 보았지만 자신들 빼고 성환이 하려는 일의 보조할 만한 팀이 생각나지 않았다.

"시크릿 팀 불렀으니 너무 걱정하지 말고 귀국해!"

성환은 지금 재환이 무슨 생각을 하는 것인지 알고 그에게 자신이 부른 팀을 알려 주었다.

성환이 말한 시크릿 팀이란 다름이 아니라 전직 CIA특작대였다가 이용만 당하고 폐기될 뻔했던 오웬의 팀을 말하는 것이었다.

오웬과 그의 팀원들은 FBI의 비밀감옥에서 탈출하는 과정에서 팀원을 잃었다.

그 때문에 자신들을 버린 하워드 국장이나 자신들을 가둔 FBI 그리고 자신들을 버린 미국에 이를 갈고 있었다.

하지만 이들에게는 갈 곳이 없었다.

초강대국 미국의 시선과 역량은 세계 어느 곳에나 뻗어 있었다.

미국의 힘이 닿지 않은 곳은 지구상 몇 되지 않는다.

그런 그들에게 안전한 피신처와 새로운 신문을 만들어 주는 것을 조건으로 자신의 품에 앉았다.

오웬과 그의 부하들은 성환이 중국에 마련한 안가에서 생활을 하고 있으며 실력을 쌓고 있었다.

특히나 성환은 혹시 그들의 신분이 들통이 난다면 국제적인 문제가 될 것이기에 자신이 가진 능력을 이용해 그들의 얼굴을 이전과 다르게 성형을 해 주었다.

성환이 이들을 성형해 줄 당시 그들은 상당한 충격을 받았다.

사람의 얼굴을 손으로 붙잡고 주물럭거리니 사람의 얼굴이 딴판으로 변했기 때문이다.

외과수술을 받아 성형을 하는 것이 아니라 무척이나 자연스러운 표정이 나왔다.

아무런 부작용이나 부자연스러운 것이 없는 완전 새로운 사람인 것이다.

그때의 놀라움은 비단 오웬과 그의 팀원만은 아니었다.

당시 그들의 곁에 고재환과 다른 특별경호원들도 함께했었다.

그때가 중국에 있는 비밀 훈련장에서 한국형 아머슈트의 실전 테스트가 끝난 뒤였기에 그들도 곁에서 오웬과 그의 팀원들이 새로운 사람으로 태어나는 것을 지켜보았었다.

그러니 이제는 예전 그들을 알고 있던 CIA 직원들이라고 해도 알아보지 못할 것이고, 감각이 예민한 사람들은 분위기로 비슷한 사람이라 생각할 수도 있지만 얼굴이 수술한 자국이 없으니 자신이 착각한 것으로 생각하고 넘어갈 것이다.

한편 오웬의 팀이 성환을 백업하러 일본에 도착해 있다는 말에 고재환도 더 이상 고집을 부릴 수 없었다.

—알겠습니다. 그럼 한 달 뒤 뵙겠습니다.

"그래, 휴가 잘 보내고 한 달 뒤에 보자고?"

—예, 그때 뵙겠습니다. 행운을 빕니다.

"오케이!"

고재환과 통화를 마친 성환은 전화기를 내려놓고 샤워장으로 들어갔다.

쫘!

들어가기 무섭게 샤워장에는 물줄기 쏟아지는 소리가 들렸다.

◆　◆　◆

오웬은 부하들에게 하나하나 지시를 내렸다.

"클락! 로빈! 동문을 맡는다. 그린은 아울과 북쪽을 그리고 닥터와 워터는 서문을 맡는다."

"썬더는 나와 함께 정문을 지킨다."

부하들에게 지시를 하던 오웬은 잠시 뒤쪽을 보더니 다시 지시를 내리기 시작했다.

"부르스와 젝스, 할리는 일이 무사히 끝나면 철수할 수 있게 대기한다."

"알겠습니다."

"좋아! 그럼 보스가 올 때까지 대기한다."

"예썰!"

오웬은 언젠가부터 성환을 자신의 보스라 부르고 있었다.

처음 KSS경호에 합류를 했을 당시만 해도 이전 CIA국장 하워드에게 배신당한 것이 있어 성환을 자신의 보스로 인정을 하지 않고 그저 자신을 고용한 사람 정도로 취급을 했었다.

하지만 시간이 지나면서 성환이 자신들을 버리지 않을 것이란 것을 깨닫고 진정으로 그를 자신의 보스로 인정을 했다.

보스인 오웬이 성환을 높은 상급자로 인정을 하자 오웬의 부하들도 성환은 보스의 보스인 마스터로 인정을 했다.

그래서 오웬은 성환을 보스라 부르고 그의 팀원들은 성환을 마스터라 불렀다.

물론 성환이 오웬의 팀에게 특별경호팀에 그랬던 것처럼 그들의 체질에 맞는 무공을 전수하면서 더욱 그런 호칭이 어색하지 않게 되었다.

사실 특별경호팀과 오웬의 팀 사이에는 아머슈트란 물건이 없다면 실력의 차이가 너무나 났다.

그 때문에 나중을 생각해 전력의 평준화가 필요했고, 성환은 이들에게 무공을 가르쳤다.

물론 이들과 특별경호원들은 출생 배경부터 다르다 보니

실력을 키우기 위해 지원을 해 주는 것에는 차이가 있을 수 밖에는 없었다.

아무리 오웬의 팀이 성환을 인정했다고 해도 그건 어디까지나 계약에 의한 관계였다.

아무튼 성환의 오웬의 팀이 정상이 될 때까지 많은 지원을 하였는데, 무공을 가르쳐 주는 것 외에도 팀원의 보충도 성환이 책임을 지고 구해 주었다.

오웬의 팀은 FBI비밀 감옥을 탈출하는 과정에서 CIA국장 하워드가 비밀을 지키기 위해 보낸 킬러로 인해 팀원을 잃었었다.

그래서 정상적인 팀을 꾸리지 못하고 있었는데, 오웬은 이때 성환에게 자신들과 비슷한 처지에 있던 전직 CIA직원을 구해 줄 것을 요구했다.

그래서 성환은 오웬의 요청에 수소문하여 오웬의 팀에 넣어 주었다.

이 과정에서 그들도 CIA의 감시를 피하기 위해 특별한 경험을 한 것은 두말할 나위 없었다.

그런 성환에게서 명령이 떨어졌다.

일본 왕이 살고 있는 궁에 침투를 한다는 것이다.

그런데 미션이 조금은 이상했다.

침투를 하되 사람은 절대로 죽여선 안 된다는 것이 미션의 내용이었다.

아마도 뭔가 목적이 있어 일왕을 만나려는 것 같은데 그 목적은 알지 못해 조금은 의아한 생각이 들기도 했다.

하지만 전직 CIA 출신이라 그런지 명령이 떨어졌으니 일단 그대로 따라야 한다는 생각이 들어 의문을 접어 두고 중국에서 일본으로 밀항을 하였다.

아무리 얼굴이 바뀌고 또 새로운 신분증이 있기는 하지만, 서양인이 중국 내륙에 오랜 기간 머물고 있는 것은 의심을 살 수도 있는 문제였다.

그래서 이들은 흔적을 남기지 않기 위해 수시로 신분을 바꿔 가며 이동을 하였고, 또 일본에 들어올 때는 출발지마저 모르게 밀항을 한 것이다.

밀항을 하여 들어오는 것은 생각보다 쉬웠는데, 성환이 이미 중국이나 일본의 암흑가를 잡고 있기에 생각보다 쉬웠다.

그런데 밀항을 하느라 일본의 사정을 알지 못했는데, 오늘 아침 도착을 하고 보니 일본에 큰 사고가 났었다는 것을 알게 되었다.

이틀 전 일본의 군항 두 곳이 파괴가 된 것이다.

더욱이 그곳에 머물고 있던 함대 세 개가 전멸을 하였다.

특히나 심각한 것은 그중 두 개의 함대는 일본의 주력 함대였다.

　일반 함대의 1.5배의 화력을 가지고 있으며, 중형 항공모함도 1척 격침이 되었다는 것이다.

　이는 웬만한 나라의 전력이라고 봐도 될 정도의 어마어마한 전력이 한순간에 전멸한 일이기에 오웬은 도대체 누가 이런 엄청난 일을 벌였는지 깜짝 놀랐다.

　혹시나 미군이 그런 것은 아닌가? 하는 생각마저 들었었다.

　하지만 뒤늦게 이것이 자신이 속한 KSS경호에서 벌인 일이란 것을 알게 되었다.

　오웬이 뒤늦게 알게 된 것은 다른 정보통이 있어 그런 것이 아니라 한국에 있는 고재환으로부터 전화가 걸려 왔기 때문이다.

　오웬도 성환에게 스카웃 되어 KSS경호에 들어가면서 상무의 직책을 받았다.

　일단 독립된 팀을 하나 꾸리고 있으니 그에 맞는 대우를 해 주는 것이었다.

　그래서 오웬에게도 간부급들과 직통으로 통화할 수 있는 위성전화가 지급되었다.

　물론 이 위성전화는 특수주문제작한 것이라 도청이 불가능한 물건이기도 했다.

아무튼 재환에게서 연락이 왔는데, 사건의 전말을 간단하게 전해 듣고 일본의 상황을 알게 되었다.

그리고 자신들이 이곳에 불려 온 이유를 알게 된 오웬은 무척이나 흥미로운 눈으로 눈앞에 있는 오래된 일본 건물을 쳐다보았다.

한 나라의 전력과도 비견되는 시설을 파괴할 정도의 팀을 가지고 있는 경호회사 사실 자신이 맡고 있는 팀만 해도 상당한 전력이었다.

그런데 얼마 전까지만 해도 고재환과 심재원이 꾸리고 있는 특별경호팀에 대해 약간의 경쟁심은 있었지만, 그래도 자신의 팀이 조금 더 위라고 생각했었는데, 뚜껑을 열어 보니 그게 아니란 것을 알았을 때 그 심정은 참으로 묘했다.

오웬이 객관적으로 생각했을 때 자신의 팀으로 일본의 군부대에 침투해 그 정도의 일을 처리하고 무사히 빠져나올 수 있을지 생각을 해 보았지만 결론은 NO였다.

그런 일을 벌이고도 정체를 들키지 않고 빠져나온다는 것은 결코 쉬운 일이 아니다.

아마도 자신들이 모르는 능력이 더 있는 듯 보였기에 오웬은 더 이상 그들과 경쟁을 한다는 생각을 접었다.

왜 그들이 자신들이 처음 합류했을 때 교관으로 일대일 교육을 했는지 깨닫게 된 뒤로 더 이상 복잡하게 생각지 않고 그냥 수긍하고 말았다.

'이번 일을 무사히 끝내면 보스에게 우리도 특별교육을 해 달라고 건의를 해야겠다.'

오웬은 특별경호팀이 일본에서의 비밀작전을 끝내고 휴가를 받았다는 것을 알았다.

그리고 또 다른 보상을 받았다는 것도 알고 있다.

그러니 그는 이번 임무가 끝나면 성환에게 다른 보상이 아니라 특별경호원들이 받았던 훈련을 받게 해 달라는 부탁을 할 생각이다.

이런저런 생각을 할 때 성환이 생각에 빠져 있는 오웬의 곁으로 다가왔다.

"준비는 되었나?"

"아! 언제 오셨습니까?"

"방금, 그런데 준비는 다 끝난 것인가?"

"예, 끝났습니다. 이들은 2인1조로 사방위를 차단할 것입니다. 그리고 이들 세 명은 작전이 끝나면 바로 빠져나가기 위해 대기를 할 것입니다. 이들은 자신이 태운 직원들과 함께 각자 정해진 루트를 통해 이동을 한 뒤 일본을 빠져나갈 것입니다. 일본을 빠져나간 뒤 지구를 한 바퀴 돌아 한국으로 들어갈 것입니다."

오웬의 계획을 들은 성환은 고개를 끄덕였다.

역시나 이런 작전을 많이 경험한 CIA출신이다 보니 자신이 세웠던 작전보다 더 디테일하게 작전을 세워 두었다.

사실 이런 전적은 침투보다 더 중요한 것이 퇴각이다.

성환은 합류하기 전 오웬에게 일왕궁의 설계도를 구해 보내 주면서 주변을 차단할 수 있는 수단을 구상하라는 명령을 했었다.

어차피 자신이 침투를 한다면 어느 누구에게도 들키지 않을 자신이 있었다.

다만 변수를 줄이기 위해 조력자가 필요했는데, 그 일을 오웬의 팀에 맡긴 것이다.

성환이 미국을 탈출하는 오웬의 팀을 위험을 무릅쓰고 영입한 것은 그들이 가진 작전의 노하우를 배우는 것도 포함되어 있지만, 나중에 써먹으려는 것도 포함되어 있었다.

만약 그런 것이 아니라 그저 그들이 가진 아머슈트에 대한 노하우나 작전에 대한 능력을 배우기 위한 목적만이라면 굳이 그런 위험 부담을 떠안을 필요가 없었다.

그냐 돈만 주고 노하우를 배운 뒤 보내면 되는 일이다.

그도 아니라면 국정원이나 다른 나라의 정보부에 의뢰를 하면 되기도 했다.

물론 아머슈트라는 특수한 물건에 대한 노하우를 쌓는 것은 한참이 지난 뒤가 되겠지만 말이다.

그것이 미국과 적이 되는 것 보다는 훨씬 나은 일이다.

하지만 성환은 그렇게 하지 않고 미국과 척을 진 오웬과 그의 팀원들 모두를 받아들였다.

그게 발각이 된다면 아마 한국은 성환을 그냥 두지 않을 것이다.

미국이 나서기 전에 먼저 겁을 먹고 성환을 그들에게 넘겨줄 것이 분명했기 때문이다.

아무리 자신이 군과 계약을 하고 공동프로젝트를 진행하고 있다고 하지만, 미국이란 거대한 적을 두려고 하지 않을 것이다.

아무튼 성환은 이들이 특별경호팀을 대신해 충분히 자신의 백업을 할 수 있고 확신을 했기에 이들을 일본으로 불러들였다.

그리고 그 판단은 정확했다.

아니, 어떤 면에서는 특별경호팀보다 이들이 나았다.

침투 파괴가 목적이 아니라 침투 후 조용히 일만 보고 빠져나갈 것이기 때문이다.

들어온 흔적을 남기지 않는 것뿐만 아니라 정체를 들키지 않고 또 그들에게 피해도 줘선 안 되는 고난이도의 미션. 하지만 이들이라면 충분히 그런 힘든 조건에서도 작전을 무사히 클리어 할 수 있을 것으로 짐작되었다.

교토의 일왕 궁 일명 교토고쇼라 불리는 이곳은 일본의 메이지 일왕이 도쿄로 천도하기 전까지 일왕의 거처였다.

　　그렇게 별궁 정도로 여겨지던 이곳이 다시 일왕의 처소가 된 것은 2011년 발생한 지진 해일로 후쿠시마 지역에 있던 원자력 발전소의 원자로가 폭발하면서 다시 교토고쇼에 천도를 하게 되었다.

　　사실 발표는 하지 않았지만 후쿠시마에서 150㎞밖에 떨어지지 않은 도쿄는 원전에서 노출된 방사능에 결코 안전한 지역이 아니었다.

　　일본정부는 도쿄가 위험 범위에 들어간다는 것을 알면서도 국민의 혼란을 막기 위해 도쿄는 안전하다고 발표를 하고, 또 정부청사를 이전하지 않았으나, 알고 있는 자들은 모두 알고 있었다.

　　그래서 자신들의 상징인 일왕의 처소를 일단 안전한 교토로 옮겼다.

　　일왕의 처소를 옮긴 이유로 일왕인 아키토의 건강상 이유로 조용한 교토에서 휴양을 해야 한다는 명목에서다.

　　이렇게 왕궁을 도쿄에서 교토로 옮기고 세월이 흘렀다.

아키토 일왕도 죽고 왕세자였던 나루토가 일왕의 권좌에 올랐지만 일왕 궁은 그대로 교토였다.

◆　　◆　　◆

밤이 늦었지만 교쇼의 깊은 곳에선 불이 꺼지지 않고 있었다.

"이 사태를 어떻게 해야 할까?"

밤늦은 시각 혼자 고민에 싸인 한 남자가 그렇게 혼잣말을 하며 괴로워하였다.

이렇게 혼자 괴로워하는 사람의 정체는 바로 일본의 정신적 지주이고 일본의 주인인 일왕 나루토였다.

하지만 그것은 허울뿐인 명분이고 실제로는 일본정부의 볼모.

일본의 헌법에 모든 주권은 일왕에게 있다고 나와 있지만, 정작 일왕 나루토는 현 일본정부의 수장인 이토 총리의 겹박에 못 이겨 괴로워하는 한 가정의 가장일 뿐이다.

현재 일왕의 가족들은 하루도 편한 삶을 살고 있지 않았다.

아니, 다른 가족은 자신들이 감시를 받고 있다는 것도 모르고 생활을 하지만 일왕인 나루토만은 잘 알고 있다.

수시로 자신을 찾아와 말로는 정중하지만. 내용을 들여다 보면 자신을 억압하고 강제하고 있음을 여실히 알 수 있다.

10년도 더 전의 일이지만. 후쿠시마에서 원전이 폭발하는 사고가 있었을 때에도 나루토나 그의 아버지 아키토는 교코(황거)가 안전하다고 말했었다.

하지만 얼마 지나지 않아 마치 전쟁 통에 피난을 하듯 밤에 몰래 교토의 별궁으로 옮겨 왔다.

당시 자신의 아버지 아키토의 처연한 표정은 정말이지 잊을 수가 없었다.

그날 교토에 도착한 날 밤, 아버지에게 들은 이야기는 왕세자였던 나루토에게는 충격이었다.

이미 오래전부터 일본정부는 더 이상 자신들 왕족을 원하지 않고 있다는 것이다.

2차 대전도 사실 나루토의 할아버지인 히로토는 승인하지 않으려 했다는 것이었다.

국민을 사랑하던 히로토는 자신의 백성들이 전쟁으로 희생되는 것을 바라지 않았다.

하지만 당시 군국주의에 빠진 대신들은 총칼을 앞세우고 일왕인 히로토를 겁박해 승인을 받아 냈다.

이런 이야기를 들었을 때 나루토는 뭔가 둔기로 머리를 세게 맞은 느낌이었다.

그런데 그 뒤에 들려온 이야기는 더 충격적이었다.

그 뒤로 전쟁이 끝나고 패전의 책임에서 면죄부를 받긴 하였지만 그것도 다 만들어진 것이었다는 사실이다.

이미 실권이 없는 일왕은 정부의 죄악에 면죄부를 줄 꼭 두각시였다.

이들이 조종하는 대로 움직이는 꼭두각시가 되어 가끔 얼굴이나 비추고 정부 인사를 격려하는 것이 일이었다.

만약 말을 듣지 않으면 가족들을 죽이겠다는 위협에 일왕은 어쩔 수 없이 그들의 말을 들어줘야만 했다.

한때 반항이라도 해 볼 요량으로 그들의 말을 들어주지 않았다가 나루토 왕세자를 잃을 뻔했던 이야기를 들은 나루토는 그 사실을 알고 깜짝 놀랐다.

그리고 아버지가 죽고 자신이 왕위에 오르자 아버지에게 들었던 이야기가 모두 사실이었다는 것을 알게 되었다.

TV에서 날로 과격해지는 시위를 볼 때마다 안타까운 생각이 들었다.

같은 나라 사람들끼리 편을 갈라 싸우는 모습이나, 주변국을 자극하는 일련의 행동들을 볼 때면 겪지 않았으나, 아버지에게 들었던 전쟁의 참혹함을 자신의 자식들이 겪지나 않을까, 걱정이 되었다.

오늘도 어느 나라인지 모를 나라에서 보냈을 누군가에 의

해 일본의 항구가 테러를 당했다.

TV화면 전체를 붉게 물들이며 타오르던 항구의 모습이 자신과 가족들이 기거하는 황거의 모습과 겹쳐 보였다.

불타는 마이즈루 항구는 황거에서 멀리 있는 곳이 아니었다.

경비가 삼엄한 군부대가 저렇게 처참히 파괴되고 불타는데, 이곳 황거라고 저렇게 되지 않으리란 보장이 없었다.

더욱이 범인의 정체도 알지 못하는 상황에서 총리는 한국이 테러범을 보냈다고 주장을 하며 전쟁을 해야 한다고 수선을 떨고 갔다.

전에 보았던 자신만만한 모습과는 다르게 무언가에 쫓기는 도망자처럼 보였다.

그 때문인지 이전에는 그가 무척이나 무섭다는 생각이 들었지만 오늘만큼은 아니었다.

그가 어떤 협박을 해도 하나도 겁나지 않았다.

그래서 그가 주장하는 국민 총동원령에 승인하지 않았다.

그 때문인지 총리는 자신에게 협박을 하고 갔지만 말이다.

하지만 뒤돌아 나가는 그의 뒷모습에서 알 수 없는 광기가 엿보였다.

자신이 거부한 일 때문에 혹시나 가족들에게 해코지나 하지 않을지 걱정이 들었다.

툭!

나루토가 이렇게 가족들의 걱정과 이토 총리의 위협에 대한 고민을 하고 있을 때, 아주 작은 소리가 났다.

하지만 고민을 하고 있는 그는 아무런 소리도 듣지 못했다.

◆　　◆　　◆

성환은 오웬은 팀이 일왕궁을 접수하자 그들과 따로 떨어져 왕궁 깊숙이 침투를 했다.

외부를 차단하는 것과 다르게 내부 깊은 곳까지 침투를 해야 하기에 조심해서 들어갔다.

외부를 감시하는 CCTV에 들키지 않게 착용한 아머슈트의 카멜레온 시스템을 작동시켰다.

외피가 주변의 색과 똑같이 카피가 되니 CCTV라 해도 성환이 접근하는 것을 눈치챌 수가 없었다.

그렇게 일왕이 거하는 궁으로 침투를 하는데, 성환의 눈에 늦은 시간임에도 아직 불이 꺼지지 않은 방이 보였다.

조심스럽게 그곳을 향해 접근한 성환은 실내에 누군가 있는 것을 발견했다.

"아직까지 잠을 자지 않고 있는 사람이 누구지?"

성환은 헬멧을 조작해 멀어 잘 보이지 않는 그 사람의 정체를 확인했다.

얼굴을 확인하고 바로 인터넷을 이용해 정체를 파악했다.

늦은 밤 홀로 깨어 있는 사람의 정체는 자신이 찾던 일왕 나루토였다.

'수고를 덜게 되었군!'

확실히 잠을 자지 않고 혼자 떨어져 있는 곳을 확인했으니 자신의 수고가 줄었다.

목표를 확인한 성환은 조금 전보다 더 빠르게 이동을 하여 나루토가 있는 방 창문가에 도착했다.

무언가 고민을 하고 있는지 인상이 구겨진 모습이었다.

나루토의 상태를 확인한 성환은 조심스럽게 창문을 열고 안으로 들어섰다.

톡!

작은 소리가 났지만 아직까지 생각에 잠겨 있는 나루토는 자신이 들어온지도 모르고 생각에 빠져 있었다.

한참을 나루토의 상태를 지켜보던 성환은 시간이 없다는 생각에 일단 나루토를 현실로 불러왔다.

톡! 톡!

창문가에 서 있던 성환은 나루토의 정면으로 이동해 바닥에 앉은 뒤 마치 노크를 하듯 바닥을 쳤다.

성환의 그런 행동에 생각에 잠겨 있던 나루토가 깨어났다.

생각에 잠겨 있던 나루토는 갑자기 들린 노크 소리에 생각을 접고 현실로 돌아왔다.

그런데 소리가 난 쪽을 보다 한 번도 보지 못했던 이상한 물체를 보고 말았다.

"헉! 당신은 누구지?"

너무도 당황스러운 모습이었다.

마치 어린 시절 보았던 애니메이션 영화에나 나올 법한 복장을 하고 있는 사람이 자신의 앞에 앉아 있던 것이다.

만약 그 사람이 억하심정을 가지고 자신을 죽이려 했다면 자신은 꼼짝하지 못하고 죽었을 것이란 사실을 깨닫고 온몸에 소름이 돋았다.

"누가 보낸 것이지? 혹시 총리가 보낸 것인가?"

그래도 일왕은 일왕인지 나루토는 언제 놀랐냐는 듯 금방 정신을 수습하고 성환에게 정체를 물었다.

그런 일왕의 모습에 성환은 눈을 반짝였다.

그가 하는 말을 들어보니 일왕과 이토 총리 간에 뭔가 밝혀지지 않은 사연이 있는 것 같았다.

물론 자신이 느끼기에 그 관계가 결코 좋은 관계는 아닌 것으로 보였다.

성환은 잠시 상황을 파악하고는 입을 열었다.

"난 총리와는 관계없는 사람이오. 그리고 난 일본인도 아니오."

성환이 전혀 상관없다는 듯 대답을 했다.

그런 성환의 대답에 나루토는 그럼 자신을 무엇 때문에 찾아왔는지 물었다.

"그럼 무엇 때문에 날 찾아온 것이오?"

일왕의 질문에 성환은 그의 눈을 자세히 쳐다보았다.

성환이 정면으로 쳐다본 일왕의 눈에는 무언가 불안감이 보였다.

그런 일왕의 모습에 성환은 자신이 찾아온 이유를 말했다.

"난 당신을 협박하거나 억압할 생각은 없소. 하지만 당신이 일본의 국왕이기에 통보를 하러 온 것이오."

"통보?"

느닷없는 성환의 통보란 말에 고개를 갸웃거렸다.

도대체 무엇을 통보하겠다는 것인지 알 수가 없었다.

더군다나 자신은 허울뿐인 국왕이지, 일본은 현재 총리의 나라였다.

하지만 그런 사실을 모르는 성환으로서는 지금까지 일본이 저지른 일들이 일왕의 승인이 있었기에 총리가 저질렀다 생각하고 말을 하였다.

"일본이 한국에 특수부대를 보내 테러를 한 것을 인정하고 보상을 하시오. 이미 그들을 모두 잡아들여 심문을 하여 자백을 받았을 뿐 아니라, 증거도 모두 확보해 두었소."

"지금 뭐라고 한 것이오? 테러라 했소?"

나루토는 성환이 일본이 테러를 했다는 말에 깜짝 놀랐다.

뉴스에는 전혀 그런 내용이 없었는데, 이게 어찌 된 일이란 말인가?

성환은 이미 일본정부가 자국의 언론을 어떻게 장악하고 있는지 잘 알고 있기에 준비한 물건을 꺼냈다.

작은 영상 기록 장치로 영상을 기록하는 것은 물론이고, 반대로 TV모니터와 연결하여 기록된 영상을 볼 수도 있었다.

방 안에 마련된 TV와 연결한 뒤 저장된 영상을 송출했다.

성환이 꺼낸 기록 장치에는 닌자대를 심문하는 장면이 녹화가 되어 있었는데, 10여 명의 인물이 나와 심문을 받는 내용이었다.

붙잡힌 테러범들은 자신들의 정체에 관해서 이름은 물론이고, 태어난 일시와 태어난 지역 등 그들이 일본인이며 성장 과정과 직업 등이 나왔다.

뿐만 아니라 붙잡히기 전까지 그들이 행했던 모든 일을 하나 빠짐없이 대답을 한다는 것이다.

"이게 사실이오?

모든 내용을 확인한 나루토는 도저히 믿을 수가 없었다.

화면 마지막에 테러범들의 수장이라 소개된 자의 마지막 자백에서 누가 그들에게 명령을 했는지 나왔기 때문이다.

만약 이 사실이 외부에 알려진다면 국제적으로 일본은 고립이 되고 말 것이다.

한 나라의 총리가 특수부대를 동원해 동맹국에 테러를 가했으니 당연한 결과다.

그러니 나루토는 그 사실을 도저히 그냥 받아들일 수가 없었다.

아무리 척을 졌다고 하지만 그는 일본의 총리.

총리가 동맹국에 테러를 했다는 것을 그대로 받아들이기는 나루토도 쉽지 않았다.

"당신이 믿거나 말거나 그건 상관이 없다. 나에게는 엄연한 증거가 있고 또 이것이 밝혀진다면 일본은 국제사회에서 매장이 될 것이란 사실이다."

성환은 나루토 일왕을 직시하며 계속해서 이야기를 하였다.

"한국이 힘이 없어 너희 일본을 그냥 두고 있는 것이 아니다. 이번 사세보와 마이즈루는 그저 본보기일 뿐. 만약 너희가 아직도 망상에 젖어 있다면 일지감치 망상에서 깨어나길 바란다. 이번 일에 동원된 인원은 나를 포함해 13명이다. 그 13명을 막지 못해 너희는 2개의 군항과 항공모함 1척을 포함한 3개 함대를 잃었다."

성환의 이야기가 계속될수록 나루토 일왕의 표정은 경악으로 물들었다.

겨우 13명에 의해 일본군부대가 두 곳이나 파괴가 되었다.

3개의 함대가 바다 속으로 침몰했다.

더욱이 뉴스에 테러범의 정체도 모른다고 하는데, 지금 그 테러범 중 한 명이 자신의 앞에 앉아 있었다.

"현재 너희의 사정을 알고 있다."

성환이 자신의 사정을 알고 있다는 말을 하자 나루토는 깜짝 놀랐다.

"무엇을 알고 있다는 말이지?"

"겉으로 알려진 것과 다르게 일본의 왕족이 정부 인사들의 위협을 받고 있다는 사실을 말이다."

성환은 일본의 왕을 상대하면서도 마치 친구나 아니면 자신보다 밑에 사람에게 말을 하듯 말을 하고 있었다.

하지만 성환의 몸에서 풍기는 기운이 결코 평범하지 않았기에 나루토도 성환이 평어로 말을 하는데도 어색한 점을 깨닫지 못하고 있었다.

"지금부터 내 이야기를 듣고 잘 결정하기 바란다."

"무슨 결정을 하라는 말이지?"

나루토 일왕은 성환이 이야기를 듣고 결정을 하라는 말에 긴장을 했다.

겨우 13명으로 2개의 군항을 파괴하고 또 3개의 함대를 지워 버렸다.

만약 이들이 본격적으로 활동을 한다면 현 자국의 군대가 막을 수 있을지 걱정이 되었다.

유령처럼 스며들었다가 사라지는 이런 자들이 한국에 얼마나 있는지도 모르는 상태에서 이토 총리는 한국과 전쟁을 벌이려고 하고 있었다는 생각에 자신도 모르게 몸을 떨었다.

"당신이 일본의 국왕으로서 국민을 생각한다면 이 시점에서 일본을 절망의 구렁텅이로 몰고 가는 총리를 저지해야 한다. 만약 그럴 생각이 있다면 난 당신을 도와줄 수도 있다."

"무엇 때문에 내게 그런 말을 하는 것인가? 나에게 무엇을 원해 그런 소리를 하지?"

나루토는 성환의 이야기를 듣다 성환이 왜, 무엇 때문에 자신에게 그런 말을 하고 있는지 이해할 수가 없어 물었다.

그런 나루토 일왕의 질문에 성환은 자신의 생각을 들려주었다.

"나나 한국정부는 전쟁을 할 생각이 없다. 물론 일본이 끝까지 한국과 전쟁을 힐책한다면 우린 전면전 보다는 이번 일처럼 파괴 행위를 할 것이다, 물론 이번처럼 목표가 군부 대만이라고 생각지 말라! 이번은 경고의 의미로 행한 것뿐이다. 그리고 이번 일은 미국과도 협의가 된 일이니 누군가 도와줄 것이란 생각은 하지 않는 것이 좋아. 미국은 우리 한국의 힘을 어느 정도 알고 있으니 만약 한국과 일본이 전쟁을 하게 된다면 절대로 너희 일본의 편을 들어 주지 않을 것이다. 그리고 너희는 이미 신뢰를 잃었다."

마지막에 성환은 일본은 이미 한국에서 벌인 테러 행위로 국제적으로 신뢰를 잃은 나라라는 것을 강조했다.

그런 성환의 말에 나루토는 인상을 찡그렸다.

자신이 우려하는 말을 성환이 먼저 하자 그런 것이다.

생각은 하고 있었지만 막상 다른 사람의 입에서 그런 말을 듣게 되자 결코 기분이 좋지만은 않았다.

"내가 어떻게 해 주길 바라지?"

결국 나루토로서는 백기를 들 수밖에 없었다.

이미 결과가 나와 있는 상황에서 성환의 제안을 받아들이지 않는다는 것은 다 같이 죽자는 말이기 때문이다.

"뭐 너무 고깝게 생각하지 말라고. 내 제안을 받아들인다면 일본은 다시 한 번 살아날 기회를 얻을 것이고, 또 잃어버린 왕족의 권위가 살아날 수 있으니."

나루토는 성환의 이야기를 듣고 있다가 눈이 커졌다.

다른 말 보다 왕족의 권위가 살아난다는 말에 눈이 번뜩이고 귀가 쫑긋해졌다.

오래전 잃어버린 권위를 되찾을 수 있다는 말에 나루토의 심장이 벌렁거리기 시작했다.

이토 총리가 한번 다녀갈 때마다 들었던 굴욕감은 일왕인 그로서 참기 힘들었다.

하지만 자신의 할아버지도 그리고 자신의 아버지도 남은 가족들 때문에 굴욕을 참을 수밖에 없었다.

그리고 자신도 남은 가족들을 위해 참고 있었지 않은가?

그런데 그렇게 참지 않아도 된다는 말을 하는 성환의 말에 심장이 뛴 것이다.

"정말로 그렇게 해 줄 수 있다는 말인가? 만약 그렇게만 된다면 내 어떤 부탁이든 들어주지."

나루토는 비록 자신이 똑똑하거나 아니면 총리를 대신해

일본을 잘 이끌 수 있다고 자신할 수는 없었다.

하지만 이대로 총리가 일본을 멸망의 길로 인도하는 것을 그냥 보고만 있을 수는 없었다.

자신의 힘으로 그를 막을 수 있다면 좋겠지만 자신에게 그런 힘이 없었다.

그런데 비록 타국인 이지만 그렇게 해 주겠다고 제안하는 눈앞의 인물에게 마지막 희망을 걸어 보고 싶었다.

그리고 그는 그런 힘이 있다고 주장하고 있으며, 현재 일본에서 가장 커다란 일을 벌이지 않았는가?

일왕이 자신의 제안을 받아들일 준비가 되었다는 생각이 되자 성환은 그에게 자신이 생각한 것을 전달했다.

끝으로 일왕이 전면에 나서면 그를 도와줄 사람들이 있음을 넌지시 알려 주었다.

비록 그들이 밑바닥 인생이라고 하지만 그들의 영향력이 결코 작지만은 않기 때문이었다.

그리고 성환이 말한 사람들이 누구란 것을 깨닫자 일왕도 고개를 끄덕일 수밖에 없었다.

성환이 말한 야쿠자들은 결코 쉽게 생각할 자들이 아니었다.

이미 예전과 다르게 그들의 조직은 일본에 큰 영향력을 행사하고 있기 때문이다.

일본 총리관저 앞 많은 사람들이 모여들었다.

방위성장관인 미야모토 료의 기자회견이 있다는 발표에 기자들이 모여든 것이다.

그 때문인지 총리관저 앞에는 정부 인사들과 각 언론사의 기자들은 물론이고, 정부를 지지하는 우익단체들 그리고 이번 사세보와 마이즈루 항구의 파괴로 모여든 시위대까지 몰려 무척이나 혼잡했다.

"지금부터 미야모토 료 방위성장관의 담화문 발표가 있겠습니다."

총리관저에서 나온 직원이 마이크에 대고 기자회견이 시작됨을 알렸다.

찰칵! 찰칵!

직원의 말이 있자 주변에 대기하던 카메라 기자들이 연신 카메라를 찍었고, 방송국 카메라도 장관이 나오는 모습을 본격적으로 송출하기 시작했다.

그런데 기자들은 촬영을 하면서도 조금 단상 옆에 이상한 물건들이 놓여 있는 것에 의아한 생각이 들었다.

'저건 뭐지?'

단상 옆에는 가로세로 1m의 자리가 깔려 있었는데, 그것이 뭘 의미하는지 아직은 알 수가 없어 이상한 생각이 들었지만 일단 미야모토 료 장관의 담화문을 카메라에 담아야 했기에 잠시 생각을 접었다.

하지만 조금 뒤 끔찍한 일이 벌어지려고 한다는 것을 이들은 알지 못했다.

카메라가 돌아가고 잠시 뒤 미야모토 료 장관이 상기된 표정으로 단상에 올랐다.

그는 단상에 오르기 전 그 옆자리에 있는 자리를 보고 더욱 표정이 굳었다.

"안녕하십니까? 방위성장관 미야모토 료입니다. 불미스런 일로 이렇게 찾아뵙게 되어 국민들에게 무어라 죄송하다는 말을 전해야 할지 모르겠습니다."

미야모토 장관은 정면을 향해 고개를 숙이며 사과의 말을 하였다.

사고가 있던 날 아침 사고 수습을 위해 기자회견을 하였지만 국민들은 그런 장관의 기자회견에 아무런 감동을 느끼지 못했는지 연일 시위를 하였다.

그 때문에 정부에 대한 지지율은 계속해서 떨어지고 지금도 일분에서 미야모토 장관을 향해 썩은 달걀을 던지고 있었다.

썩은 달걀 테러를 당하면서도 미야모토 장관은 계속해서 자신이 적어 온 원고를 읽었다.

"이번 사태는 국방을 책임진 장관으로서 어떤 책임도 회피할 수 없다고 생각합니다. 그래서 그 책임을 지고 가겠습니다."

마지막으로 비장한 표정을 말을 마침과 동시에 단상에서 뭔가를 꺼내 그 옆에 깔린 자리에 무릎을 꿇고 앉았다.

미야모토 장관의 모습에 뭔가 느꼈는지 그 모습을 보던 기자 한 명이 깜짝 놀라며 소리쳤다.

"막아! 미쳤어! 막으라고!"

주변에 있던 기자들은 무엇 때문에 고함을 치는지 알 수가 없었다.

하지만 곧 왜, 고함을 치며 막으라고 했는지 알 수 있었다.

미야모토 장관은 자리에 무릎을 꿇고 앉은 뒤 와이셔츠를 잡아 뜯었다.

그리고는 단상에서 꺼낸 길쭉한 상자에서 뭔가를 꺼내더니 자신의 배를 겨냥했다.

그제야 주변에 있던 사람들은 미야모토 장관이 무엇을 하려는지 깨닫고 그의 곁으로 달려들었다.

지금 현장에는 자국의 기자들뿐 아니라 많은 외국의 외신

기자들도 몰려와 있었다.

그런데 그런 가운데 한 나라의 장관이 배를 가르고 할복을 하는 모습을 보인다는 것은 책임을 지는 것이 아니라 오히려 일을 더욱 크게 만드는 일이었다.

일부 일본인들이야 그런 모습이 사무라이 정신이라며 찬양을 할지 모르지만, 현시대를 살아가는 사람들은 절대로 그것을 명예로운 일이라 생각지 않았다.

아니, 오히려 미개하고 야만적인 일이라 생각을 하였다.

그런 미개한 짓을 한 나라의 장관이 전 세계에 공개적으로 자행한다면 일본의 평판은 지금보다 더 추락해 더 이상 떨어질 수 없는 나락으로 떨어지는 일이다.

하지만 우익단체들은 기자들이 미야모토 장관의 자살을 막으려 달려드는 것을 저지하고 나섰다.

이런 장면은 TV카메라를 통해 전 세계로 퍼져 나가고 있었다.

만약 이대로 둔다면 결국 야만적인 자살 행위는 전 세계에 일본이 야만적인 나라라는 것을 알리게 될 것이다.

"모두 멈춰라!"

갑자기 어디선가 큰 소리가 들렸다.

사람들은 하던 멈추고 소리가 들린 곳을 쳐다보았다.

그리고 사람들은 그곳에 나타난 인물을 보고 깜짝 놀랐다.

그동안 교토고쇼에 칩거하고 있던 일왕이 모습을 나타냈기 때문이다.

"천황폐하!"

일왕 나루토가 모습을 보이자 모든 사람들이 고개를 숙였다.

일본의 정신적 지주인 일왕의 모습에 존경의 염을 담아 고개를 숙인 것이다.

그런 숙연한 모습에 미야모토 장관의 할복하려는 장면을 찍고 있던 외신기자들은 새로운 사건에 카메라를 돌려 나루토 일왕의 모습을 찍었다.

자신에게 모든 카메라가 모여들자 나루토는 경호원들과 함께 조금 전 미야모토 장관이 담화문을 읽던 단상으로 올라갔다.

한편 할복을 하려던 미야모토 장관은 갑자기 일왕이 나타나자 어떻게 받아들여야 할지 몰랐다.

자신이 모든 책임을 지고 할복해야 한다고 떠밀려 이 자리까지 나오긴 했지만 사실 너무도 억울했다.

물론 자신의 책임이 전혀 없다고는 할 수 없지만 그래도 일본을 책임지는 사람은 총리였다.

자신은 그저 총리가 정한 일을 대신 수행하는 자일 뿐이다.

이런 저런 생각을 하고 있을 때 나루토 일왕이 그의 곁으로 다가와 말을 걸었다.

"일어나시오. 이 무슨 망령된 행동이오. 잘못을 했으면 잘못을 반성하고 수습할 생각은 않고 자살로써 현실을 외면하려 하다니."

일왕의 호된 꾸중은 카메라를 타고 전국 아니 전 세계로 퍼졌다.

이런 일왕의 모습에 기자들은 물론이고 시위대나 시위대를 반대하는 우익단체들이나 모두 숙연해졌다.

"우리는 불행한 사고를 겪었습니다. 하지만 어느 누구도 제대로 된 책임을 지려고 하지 않고 외면하고 있습니다. 이에 나 일본국의 국왕의 이름으로 이번 사태를 만든 현 정부를 해산하고, 사고에 대한 성역 없는 수사를 촉구할 것이오. 그리고 만약 범죄 행위가 밝혀진다면 그 지위고하를 막론하고 헌법이 적하는 법정 최고형을 언도할 것이오."

갑작스런 일왕의 선언에 모두 깜짝 놀랐다.

하지만 어느 누구 하나 나루토 일왕의 말에 토를 달 수 없었다.

나루토 일왕의 선언이 있고 그의 주변에 있던 경호원 일부는 청사 안으로 빠르게 들어갔다.

그들은 일왕의 가족을 지키는 경무관들로서 이미 이곳에

오기 전 일왕의 명령을 듣고 함께 이곳까지 왔다.

그저 일왕을 경호하는 정도에 그치지 않고. 전횡을 일삼던 총리와 장관들을 직위해제하기 위해 출동한 것이다.

경무관들이 총리관저에 들어가고 안에서 큰 소란이 일었다.

하지만 그것도 잠시 인원에 밀리고 또 경무관으로 온 인원들 속에는 변장을 한 성환과 오웬의 팀이 껴 있었기에 총리관저의 경비는 금방 제압이 되었고 총리 이하 장관들은 모두 수갑이 채워진 채로 밖으로 끌려 나왔다.

이 장면은 일본뿐 아니라 전 세계로 퍼져 나갔으며 이런 장면을 본 한국인들은 세계 어느 곳에 있건 또 주변에 누가 있건 상관하지 않고 크게 환호했다.

에필로그

"난 약속을 모두 지켰다."

서울의 어느 커피숍에 성환과 최세창 대령이 만나 이야기를 하고 있었다. .

그리고 성환은 커피를 한 잔 마시며 최세창에게 말을 하였다.

그런 성환의 말에 최세창 대령은 조용히 아무런 말을 하지 않고 커피를 한 모금 홀짝였다.

"흡!"

커피를 한 모금 마신 최세창은 고개를 끄덕이며 말했다.

"그래, 이제 준비도 어느 정도 되었으니 이번 보궐선거부터 달라질 것이다. 우리 쪽도 준비는 모두 끝냈다. 다만 네가 너무 일찍 일을 마무리하는 바람에 시간이 조금 더 필요하다."

세창의 말에 성환은 세창의 눈을 들여다보았다.

사실 함께 프로젝트를 진행하면서 서로 영역이 달랐기에 간섭을 하지 않았다.

그런데 세창이 진행하는 부분에서 조금 미진한 부분이 그의 눈에 띄었다.

원래라면 현재 국회의 1/3은 자신과 세창이 준비한 사람들로 교체가 되어 있어야 했다.

하지만 현실은 그렇지 못했다.

아직도 구태의연한 정치인들이 대부분 자리를 보전하고 있었던 것이다.

더욱이 지금 성환이 세창을 불러 이렇게 말하는 것도 사실은 모 정치인이 이제는 성환의 부인이 된 이혜연에게 압력을 넣어 M&S엔터 소속 연예인을 성상납을 하라고 압력을 넣었기 때문이다.

이런 자들이 들러붙지 못하게 하기 위해 그동안 자신이 얼마나 노력을 했던가?

마음 같아서는 자신이 직접 처리하고 싶었지만, 세창과

약속한 것이 있어 두고 보고 있는데, 갈수록 도가 지나치고 있어 그냥 두고만 볼 수가 없어 세창을 찾은 것이다.

한참 세창의 눈을 들여다보던 성환이 말했다.

"이번까지만이다."

다른 말이 필요 없었다.

성환의 말은 이번까지만 참을 것이고, 앞으로도 이런 일이 계속 된다면 직접 손을 쓰겠다는 소리였다.

세창은 성환이 한 번 손을 쓰기 시작하면 조용히 지나갈 수 없다는 것을 잘 알고 있기에 속으로 안도했다.

그러는 한편 이번 일을 벌인 국회의원의 얼굴이 그의 머릿속에 떠올랐다.

'개새끼, 죽으려면 혼자 죽을 것이지. 아무리 우리에게 도움이 된다고 해도 그런 놈까지 함께할 수는 없지.'

사실 이번 문제를 일으킨 국회의원은 세창이 포섭한 사람이었다.

원내 교섭 단체를 이루기 위해선 국회에 의석수를 어느 정도 확보를 해야만 한다.

그래야 정당이 정당으로서 인정을 받고 힘을 쏟을 수 있기 때문이다.

그런데 벌써부터 문제를 일으킨 것이다.

곧 보궐선거만 성공적으로 치른다면 굳이 그런 놈들과 함께할 필요가 없기에 세창은 이번 기회에 싹수가 노란 국회의원들을 모두 물갈이 할 생각이 들었다.

국회의원 배지를 무슨 감투라도 되는 듯 국민 위에 자리해 자신의 이득을 취하려는 이들을 일소할 계획이다.

원래 삼청프로젝트가 가진 취지가 바로 이런 자들을 축출하는 일이었다.

과거 전력이 있기에 군에서 직접적으로 나서지 않는 것뿐이지 마음 같아서는 전군을 동원해서라도 이런 구태의 뿌리를 뽑아 버리고 싶지만, 그랬다가는 또다시 과거 잘못을 되풀이하게 되고, 일소했던 정치군인을 다시 군에 자리잡게 하는 잘못을 저지를 수 있기에 물밑에서 작전을 펼쳤다.

그러다 보니 일단 힘을 갖추기 위해 많은 인내와 고비를 넘겨야 했다.

지금도 포섭한 의원들 중 한 놈으로 인해 최고의 조력자 아닌 프로젝트의 핵심에게 경고를 들었다.

"이번 선거만 끝나면 너와 내가 계획한 일이 절반을 넘어가게 된다. 그때가 되면 우리가 손을 쓰지 않더라도 국회는 자정작용으로 정상으로 돌아갈 것이다."

세창의 설명에 성환은 고개를 끄덕였다.

이미 보궐선거에 필요한 자료는 모두 넘겨주었다.

상대 진영에 대한 약점을 속속들이 알고 있는데 실패할 이유가 없었다.

"그럼 그 문제는 네가 알아서 하는 것으로 하고, 일본에서는 정말로 항모를 넘겨주기로 했냐?"

성환은 어제 뉴스에 나온 이야기가 떠올라 세창에게 물었다.

"그래, 일본국왕이 피해 보상금 대신 항모를 넘겨주기로 했다."

일본은 전격적인 일왕 나루토의 개입으로 사세보와 마이즈루 항의 파괴와 3개 함대의 소멸로 인해 벌어진 혼란을 수습했다.

그리고 그 과정에서 이토 내각이 저지른 범법 행위들이 속속 드러났다.

특히나 동맹국인 한국에 전쟁을 벌이기 위해 철저하게 준비를 하고 그 전초로 내각정보국 산하 특수부대인 닌자들과 한국에 파견 나가 있는 내각조사실 직원들을 동원해 테러를 힐책한 사실이 밝혀졌다.

그동안 한국이 일본은 꾸준히 테러의 배후라 주장했음에도 불구하고 끝까지 오리발을 내밀었던 이토 총리와 일본 정부 그런데 그 모든 것이 일본 총리인 이토가 계획하고 명령했다는 확실한 증거가 나오자 전 세계적인 압력이 일본에 행사되었다.

특히 미국정부는 한국과 손을 잡고 전 방위적으로 일본을 압박했다.

테러에 대한 보상금은 물론이고, 동맹국 간에 맺었던 국제조약을 어긴 죄를 물어 엄청난 배상금을 책정했다.

더욱이 일본이란 나라가 기존의 평화헌법을 수정하면서까지 가지게 된 군사력이 아시아 국가들의 우려대로 군국주의 우익화 되는 것을 다시 한 번 확인하게 되자 일본은 영원히 군대를 가지지 못하는 나라가 되었다.

이는 일본의 왕인 나루토가 직접 합의문에 사인을 했다. 그나마 국제사회의 왕따가 되는 것을 피하기 위해 나서서 이뤄진 것이다.

만약 나루토 일왕이 먼저 제안하지 않았다면 일본은 국제사회에 고립되어 고사하고 말았을 것이다.

국토의 절반이 이미 방사능에 오염이 되어 활용가치가 없고, 또 테러에 대한 엄청난 보상금을 지불해야 하는 것 등 많은 고난의 길이 앞에 펼쳐져 있었다.

그러니 일본은 이미 철수했던 미군을 다시 오키나와에 주둔해 줄 것을 미국에 호소를 하는 한편, 군대를 해산하고 예전처럼 자위만을 할 수 있는 자위대로 격하되었다.

그래서 남는 잉여 병력은 순차적으로 다른 직업을 가지게 하는 한편 군사 장비는 팔게 되었다.

이 과정에서 항공모함이 문제가 되었는데, 항공모함은 함부로 판매할 수 있는 물건이 아니다.

더욱이 그 가격도 가격이지만 국제 역학관계상 상당한 골치 덩어리였다.

그러던 때 한국이 얼른 나섰다.

일본이 한국에 배상해야 할 배상금 일부를 일본이 보유한 항공모함을 넘겨받는 것으로 상계(相計)한다는 것이다.

미국과 일본은 이런 한국의 입장표명에 적극 환영했다.

미국으로서는 한국의 전력 향상은 일본군의 세력 축소로 무너진 동북아시아의 전력 균형에 도움이 될 것이기 때문이고, 일본은 천문학적인 배상액을 상당 부분 상계할 수 있었기 때문이다.

그러나 중국과 북한은 한국이 항공모함을 가지는 것에 적극 저지하였다.

특히나 북한은 한국이 항공모함을 보유한다면 전쟁도발로 간주해 서울을 불바다로 만들겠다는 위협을 하였다.

하지만 그런 그들의 주장은 받아들여지지 않았다.

항공모함 판매는 일본의 문제였고, 또 그것을 사들이는 것은 한국의 권한이기 때문이다.

물론 주변국의 입장에서 한국의 군사력 향상에 민감한 반응을 보일 수는 있었다.

그렇지만 그것을 간섭할 수는 없는 일이다.

그리고 중국은 성환의 인맥을 통한 로비로 적당한 보상을
받고 넘어갔다.

물론 동북아시아 정세와 연관이 있는 러시아 또한 적당한
보상을 받고 넘어갔는데, 이 적당한 보상이란 아머슈트의
일부 정보를 넘겨주는 것이었다.

물론 이는 미국과 철저히 협의를 통해 최신 기술이 아닌
공개돼도 문제가 되지 않을 정도의 기술만 넘겨주었다.

이미 두 나라도 어느 정도 아머슈트에 대한 기술을 연구
하고 있었기에 그것만으로 충분히 그들이 원하는 아머슈트
를 개발할 수 있게 되었기에 한국이 항공모함을 일본으로부
터 들여오는 것에 대하여 넘어갔다.

"고생이 많겠군!"

"뭐 오래전부터 해군이 그렇게 요구하던 것이니 그들이
감당해야 할 문제지."

"하긴. 아무튼 이제 내가 너와 약속한 일은 모두 마쳤으
니 이제 네가 나한데 보여 줘야 한다."

"알았다. 내가 하는 일을 잘 지켜봐라! 그리고 내가 도움
이 필요할 때면 좀 도와주고."

"하는 것 봐서."

성환은 세창의 말에 가볍게 대답을 하고 자리에서 일어났다.

세창은 이야기하다 말고 자리에서 일어나는 성환의 모습에 의아한 표정을 하고 물었다.

"어디 가려고?"

"그래, 오늘 졸업생들 중 데뷔를 하는 놈이 있어서."

"데뷔?"

"그래."

"무슨 데뷔? 연예인?"

"데뷔가 꼭 연예인만 하는 거냐!"

"그럼 뭔데?"

"궁금하면 따라와 봐!"

조금 전까지만 해도 나라일로 무거운 주제로 이야기를 하던 두 사람은 이젠 무슨 일인지 가벼운 이야기를 하고 있었다.

세창은 성환이 대답은 하지 않고 자꾸만 궁금증만 유발시키자 하는 수 없이 성환을 따라 나섰다.

❖   ❖   ❖

커피숍을 나와 두 사람이 도착한 곳은 월드컵 축구경기장이었다.

2002년 월드컵을 개최하기 위해 건립된 이 경기장은 현재 많은 관객이 들어차 있었다.

2026년 월드컵을 앞두고 축구 국가대표팀의 평가전이 열리기 때문이다.

"삼촌! 어서 와!"

성환이 경기장에 도착하자 한쪽에서 수진이 성환을 발견하고 불렀다.

성환은 세창과 함께 수진이 부른 쪽으로 걸어갔다.

그곳에는 성환의 부인이 된 이혜연과 그녀의 딸 미영이 자리하고 있었다.

그런데 미영의 지능이 정상이 아니란 것을 멍한 모습에서 알 수 있었지만, 이제는 그런 모습이 전혀 없었다.

성환은 혜연과 동거를 하면서 수시로 미영의 몸을 안마해 주었다.

이는 무협지에 나오는 추궁과혈. 아기일 때 높은 곳에서 떨어져 뇌에 어혈이 쌓여 지능이 떨어졌는데 그것을 풀어 준 것이다.

성환에게 추궁과혈을 받고 어혈을 풀자 미영은 정상이 되었다.

예쁜 얼굴에 성환의 추궁과혈로 혈관이 깨끗해지면서 피

부도 미인인 엄마에게 물려받은 것처럼 백옥같이 예뻐졌다.

이 때문에 한때 수진이 성환을 닦달했었다.

자신도 백옥피부를 가지고 싶다고 말이다.

아무튼 성환의 가족이 모두 모여 있는 자리에 세창도 함께하게 되었다.

"안녕하십니까?"

"어서 오세요."

"아저씨, 어서 오세요."

"수진아, 그냥 삼촌이라고 해 주면 안 되냐? 아저씨는……."

수진의 아저씨란 말에 세창은 수진에게 가볍게 농담을 하며 다가갔다.

"객쩍은 소리하지 말고 앉아!"

성환은 수진에게 농담을 하는 세창을 불러 세우며 자리에 앉았다.

그리고 두 사람이 자리에 앉자마자 환호성이 울렸다.

환호성에 고개를 돌려보니 축구 국가대표들이 운동장에 나오는 모습이 보였다.

"혹시 데뷔라는 것이 누가 축구 국가대표가 된 거냐?"

"그래, 학원 졸업생 중 최초로 국가대표가 나왔다. 조만간 몇 명 더 다른 종목에서 대표가 나올 것도 같다."

"호? 대단한데!"

두 사람이 이야기를 주고받고 있을 때 선수 소개가 나오고 있었다.

그런데 어떤 선수의 이름이 불리자 옆자리에 있던 수진의 표정이 붉게 상기되었다.

수진의 얼굴이 붉어진 이유는 다름이 아니라, 운동장에 카메라가 비추고 있을 때, 카메라에 잡힌 선수가 뭐라고 말을 하는 입모양을 봤기 때문이다.

한편 갑자기 자신의 옆에 있는 조카의 모습이 무언가 안절부절 못하는 모습을 깨달은 성환은 고개를 갸웃거리다 뭔가를 보게 되었다.

비록 멀리 떨어져 있지만 운동장에 자신도 알고 있는 축구선수가 자신이 있는 쪽을 향해 손 하트를 그리며 '수진아 사랑해!' 라는 말을 하고 있었기 때문이다.

'허허! 언제 이렇게 큰 것이지?'

성환은 자신의 옆자리에 있는 조카가 자신도 모르는 사이 연애를 하고 있었다는 사실에 놀라며, 한편으로는 대견하기도 했다.

힘든 시기를 극복하고 자신의 길을 확실하게 걸어가며 또 한 명의 여성으로 사랑을 하게 된 것이 여간 기특한 것이 아니었다.

그리고 그런 생각이 들자 문득 고개를 하늘로 향했다.

성환이 보는 맑은 하늘에 누나의 얼굴이 밝게 미소를 짓
는 것이 보였다.

〈『코리아 갓파더』完〉

1판 1쇄 찍음 2014년 9월 29일
1판 1쇄 펴냄 2014년 10월 2일

지은이 | 정사부
펴낸이 | 정　필
펴낸곳 | 도서출판 뿔미디어

편집장 | 이재권
기획 · 편집 | 윤영상

출판등록 | 2002년 9월 11일 (제1081-1-132호)
주소 | 경기도 부천시 원미구 상동로 117번길 49(상동) 503호 (우)420-861
전화 | 032)651-6513 / 팩스 032)651-6094
E-mail | bbulmedia@hanmail.net
홈페이지 | http://bbulmedia.com

값 8,000원

ISBN 979-11-315-3637-7 04810
ISBN 978-89-6775-518-8 04810 (세트)